我若不勇敢 谁替我坚强

之 勇敢，才配有未来

夏橙 等著

文匯出版社

图书在版编目（CIP）数据

我若不勇敢，谁替我坚强之勇敢，才配有未来 / 夏橙等著. -- 上海：文汇出版社，2016.3

ISBN 978-7-5496-1659-6

Ⅰ. ①我… Ⅱ. ①夏… Ⅲ. ①散文集—中国—当代 Ⅳ. ①I267

中国版本图书馆CIP数据核字（2015）第302523号

我若不勇敢，谁替我坚强之勇敢，才配有未来

出 版 人 / 桂国强
作　　者 / 夏　橙　等
责任编辑 / 戴　铮
封面装帧 / 粉粉猫
出版发行 / 文匯出版社
上海市威海路755号
（邮政编码200041）
经　　销 / 全国新华书店
印刷装订 / 三河市金泰源印务有限公司
版　　次 / 2016年3月第1版
印　　次 / 2019年1月第2次印刷
开　　本 / 889×1194　1/32
字　　数 / 143千字
印　　张 / 7.5

ISBN 978-7-5496-1659-6
定　价：35.00元

人生就是一连串的生命体验，
经历过的，
才是属于你的故事。
走过的，
才是属于你的人生，
追逐自己想要的生活，
决不向这个莫名其妙的世界低头。

目录

生活就是如此，
如果没有开始，
不要急着结束。
如果不去改变，
明天就会更糟糕。
要扛得住，
才能走得远，
坚持梦想，
世界就是你的。

把梦想藏好，
那是你与上天悄悄许下的诺言

陈亚豪／

如果天生没有追逐梦想的资本，
那就靠自己的双手去创造条件。
而不是因为自己
有梦想，
就成为别人的负担。

1

大四时，有天父亲的一位朋友顺路送我回学校，车上只有我和叔叔两个人，路程大概要一个小时。沉默的气氛难免让人有些压抑，两个人都想找一些话题闲聊两句。其实很忌惮和这个年龄的人聊天，总觉得很难找到适合的共同话题。叔叔在路上随意地问我："大四了，以后想干什么，有打算吗？""有，但是父母不赞同我的意见，只好先按照他们的意愿努力。"叔叔扭过头看了我一眼笑了笑："你这孩子还真是听话，不过这样很对。""是啊，也不是妥协或是任爸妈摆布，只是觉得现在的自己还没有足够的资格选择以后的路。"他又扭过头看了看我，也许是第一次见我，我染着头发戴着耳钉，聊两句后发现我并不是他所设想的一个叛逆青年："那你心里有自己的梦想或是喜好的事物吗？""当然有，不过既然现在不能实现，还是暂时不说的好。""这个态度不错，把梦想藏在心里，但是以后不要忘了，你看我，打拼了这么多年，虽然挣了不少钱，却再也没有了为当初梦想闯荡的勇气，一生的遗憾。”

收到一个读者的留言，她说自己过得一点也不快乐，每天的生活都是由爸妈安排的，只能逆来顺受，接受他们对未来所有的规划。在长辈眼里她是一个很优秀的女孩，可这些并不是她想要的生活，她有自己的梦想，有对未来的憧憬，很讨厌现在的自己。

一个亲戚家的孩子从小喜欢画画，天赋很高，疯狂地沉溺在一个人的画板世界中，一心想当画家。而让我羡慕的是他有一对开明的父母，一路上从未阻碍扼杀过他的梦想。在那个父母、老师一遍又一遍教导我们，唯有好好学习才能有出路的年龄，他的父母却尽最大所能支持他，学习方面得过且过，从不要求过多。后来这个男孩高中就出了两本自己的画集，同时给杂志画插画，每月有上万元的收入。

那时看着他离画家的梦想越来越近，心里有种说不出的滋味，羡慕之余更是一种无奈和落寞。有时觉得自己就不该知道梦想这个东西，这样就不会羡慕不会失落，安静地接受父母所有的安排、老师的所有教导，不知痛痒地做一个只知学习的好孩子、一个麻木的机器人。

每个人都有梦想，每个人都有热爱的事物、想要的生活。每晚躺在床上，每天走在路上，那些所幻想的关于未来的小小的片段都是梦想的一部分。可是在中国，是容不下梦想家和偏执狂的。我们大多数人从小就被剥夺了梦想的权利，更没有追逐梦想的资格。幼儿园老师问我们长大以后想做什么时，每个人的答案千奇百怪，他们明明想让我们拥有梦想，可随着成长，长辈却又一次次地给我们洗脑，软硬兼施，偏要把我们打造成一个和千万人一样的人，然后冠冕堂皇地告诉我们，考上好学校，找个好工作，挣很多的钱，这就是你该有的梦想。

高中那两年很叛逆，虽然也努力学习，可就是不想和别人一样，做过很多让父母操心的事，心里总是抱怨为何自己没有一对开明的父母。

有次在外面和妈妈吃饭，她讲了件同事家孩子的事，那个男孩一上高中就和朋友组建了个乐队，每天脑子里想的就是唱歌，学习一落千丈。他的爸妈这两年不知为他操了多少心，吵了多少架，每天想尽办法让他重新回到以前，给他转了两次学，可还是一点改变也没有。妈妈讲这些的时候一直在叹气，也许这就是母亲之间的共鸣吧。她对我说："我们不是不让你们有爱好和梦想，也不是为了让自己在朋友同事面前提到自己孩子学习优秀、工作好时有面子，只是担心以后你们连养活自己的能力都没有，害怕你们以后生活得不好。”

那天之后我就安下心来接受爸妈所有的教导和安排，让我做什么我便做什么，再无任何抱怨，推翻了自己曾经所有的倔强。好像忽然一下就明白了，梦想这个东西一定要有，但不能是偏执的，更不能是自私的。那些执意追逐梦想、为了梦想头破血流却依然勇敢如初的人，再也引不起我任何的崇拜，因为他们很多人连父母的白发都看不到，连亲人的担心都不闻不顾。即便他们日后真的实现了梦想，也伤害了很多爱他们的人，他们甚至是在用父母脸上的愁容和头上的白发来换取自己的梦想。

如果你天生没有追逐梦想的资本，那就靠自己的双手去创造条件。而不是因为自己有梦想，就成为别人的负担。

2

这些年见过很多追逐梦想的人，有的人有富足的家庭条件做后盾，有的人一无所有却孤注一掷。对那些天生就和自己不在同一条起跑线上的人再无羡慕，只是真诚地祝福，希望他们能珍惜上天赐予他们的禀赋和优势。对那些宁愿跪着也要走完梦想之路的坚毅之人，自己也不会像过去那样崇拜了，只是由衷地尊重，祈祷他们能早日走到出头的一天。

我们大多数的家庭条件并不宽裕，父母用半生的心血培养出了一个大学生，那么你就要先努力找一份好工作，改善家庭条件，让年迈的父母安享晚年，起码不再为你操劳。你不能忘记，你对你的家庭、日后的爱人与孩子，还有你自己，都负有不可推卸的责任。

也许这个时代的我们受到了很多西方文化的影响，可这是在中国，它还没有一个完善的社会福利体系，子女要担心父母的养老问题，父母要操心孩子的上学问题。大多数的我们都不可能没有忧虑地做着自己喜欢的事情。

每日沉溺于自己的爱好和梦想中，为梦想一意孤行的人看似英勇洒脱，可他们能为了自己的人生如此热血，却看不到背后亲人的担心。他们会为了日后终于实现梦想的英雄画面兴奋不已，却忘记了父母为了他们一脸憔悴，他们连父母的期望都承担不起。

很多人，不经意间把梦想当作逃避现实的港湾，躲避着所有关于现实和生活的风雨，梦想成了逃离一切责任的最好借口。

一年前在外面一次商演中，认识了当时负责摄影的一位大哥。大哥留着络腮胡，戴着鸭舌帽，身上背着各种华丽的器材，大师范儿十足。因为对摄影也有些兴趣，商演中间休息时便和他攀谈起来。聊天中得知他三十五岁，爱好摄影已有七年之久，可做专业摄影师的时间只有两年。让我没想到的是，他在做摄影师之前是一家中型外企的副总，收入不菲，发展前景也不可小觑，而他正是在前途一片大好时辞职做了摄影师。他说自己真的很喜欢摄影，喜欢到骨子里，想把它融入生活中。过去因为生活的负担，自己一直不敢走这条不靠谱的艺术道路，只好先努力工作挣钱，但心里的摄影梦一直不舍放下。终于在两年前自己靠着这些年的努力攒下了一笔不小的财产，只要生活不贪图享受，还是足够让全家衣食无忧的，于是便毫不犹豫地辞职开始了这条苦等了五年之久的梦想之路。

那天商演回来后我躺在床上辗转反侧始终睡不着，我被他对梦想的一路坚持所感动，更对他在现实面前追逐梦想的成熟佩服不已。而他当时只是轻描淡写地和我说："先努力找份好工作养活好自己和家庭吧，心里的梦想不必着急实现。"

是啊，不必着急实现，如果真的想实现，梦想永远都在另一边等着你去实现。

人要有勇气为自己的所爱而活，但不能把梦想当作逃避现实的港湾。那些最终被物质和金钱的欲望驱赶，成为生活的傀儡之人没有错。

那些为了自己的兴趣和梦想，不顾家人的担心，倔强追逐的人也不能算错。可是，先学会面对现实，直面生活的残酷，承担所有的责任，努力为生活奋斗，把梦想悄悄藏好，心中告诉自己定有一天要去实现的人，也许才是最成熟最坚强的追梦人。

大学那两年听从了父母的所有安排，记下了他们所有期望，每年拿三项奖学金、做“三好学生”、校学生会主席、入党，后来又为了他们期望的工作努力奋斗。可这些并不是自己想要的，甚至是嗤之以鼻的，可就是为了每次回家把这些在学校里取得的荣誉汇报给他们时，他们脸上那藏不住的喜悦，他们在亲戚面前提起自己的孩子时那由衷的骄傲，还是低下头去默默地努力了。父母每日所承担的那些生活的压力和繁杂的琐事，已经将他们打磨得麻木，社会的残酷和冷漠早已给不了他们最单纯的开心，能给他们这样感觉的只有他们的孩子。我能为他们做的并不多，只能尽力不让他们的期盼落空，不忍看到他们失望忧虑的面容，尽自己所能给予他们有限的欢笑和安慰。

可我热爱街舞，喜欢写字，喜欢一个人安静地获得自己想要的知识，我有我的梦想和未来想要的生活。我只能把对未来的所有期许和对梦想的憧憬全部悄悄藏在心里，我用完成他们期盼后的时间追逐自己喜欢和想要的，跳舞、写东西、看自己想看的书、做文艺晚会策划，拿了大学生的街舞冠军，为杂志撰稿。这些都是我挤下时间熬夜早起所获得的，可我这样的努力，也只是为了不让自己有一天被曾经的梦想抛下。

每个人的一生都有两条路要走，一条是必须走的，一条是自己想走的。爸妈的心愿，现实的所迫，生活的责任，这些都是必须走这条路的原因。而大多数的我们只有把这条必须走的路先走好，才有资格走那条自己想走的路。

我没有足够富裕的家庭条件，让我无忧无虑地追求想要的生活，也没有勇气不顾亲人担心为梦想孤注一掷。我就是这样一个和大多数人一样普通的少年，一直被现实和梦想夹在中间跌跌撞撞地过着我的人生。可我从未逃避生活的责任，也没有对现实妥协，我没有勇气为梦想放手一搏，也从未忘记自己未来真正想要的生活。我把梦想悄悄藏好，但一刻也不愿丢下。我拼尽全力，只是为了能早些走完这条必须的路，好让自己有足够的资本走那条日后真正想走的路。

3

梦想这个词，有时看起来很奢侈，因为它对于这世上的很多人来说，从一出生就是一个无法碰触的词汇。那些从小便注定要为了最起码的衣食饱暖而奋斗的人，可能这一生都不会有机会停下来想想自己究竟喜欢什么、想要什么。“梦想”这个词有时听起来很矫情，总是把梦想挂在嘴边的人难免让人觉得有些不切实际，总喜欢幻想却始终不能脚踏实地。“梦想”这个词有时又很悲壮，因为生活中实在有着太多的琐事和责任需要我们承担。当它和现实那面高墙碰撞时，总会留下一地的碎片，那是内心深处的渴望和无法逃避的现实碰撞后的失落与不甘。很多人就是在这一次次的碰撞后，不得不丢下曾经的梦想，横下心来为了生活而生活。

可是人总要有那么一点盼头，那么一点好似不切实际的幻想，那么一点可以证明自己还没有变成一副皮囊的希望。即便此生真的无法实现，可是当在外面忙碌奔波了一天，躺在床上畅想一下日后自己最想要的生活，内心那片死水也会泛起一点涟漪，起码会给麻木疲惫的、已经习惯对生活逆来顺受的我们带来一点久违的激情。

你还记得曾经的梦想吧，还记得自己最想要的生活吧。你说有一天想去看看这个世界上没看过的美，你说想开一家小小的属于自己的咖啡馆，你说你想找一份自己真正喜欢的工作。白天八个小时与喜欢的事情做伴，下班后十六个小时和爱的人相依，每天都是满满的幸福。

可现在的你受到父母的管教与现实的束缚，只能在日复一日的生活中挣扎，我想告诉你不要灰心，不要放弃，更不要麻痹自己。这个世上大多数的我们都是这样矛盾地努力着，看着梦想在眼前若即若离。虽然现在的我们只能被现实无情地拉扯着，离梦想越来越远，但不能丢下它。把它悄悄地藏到一个只有自己看得见的角落，然后勇敢地承担生活中所有的责任和负担，昂起头努力地大步走完那条我们必须走的路。心中那个藏起的梦想就是我们最强大的动力，是我们热血的源泉。走完这条必须走的路，然后就可以走那条想走的路了，想想就会对生活充满希望。

那些靠着优越的家庭条件而没有后顾之忧的人，看似让人羡慕不已，可他们从未品尝过梦想和现实碰撞后那悲壮到让人心碎的感受，没有现实的残酷，没有生活的枷锁，他们在追逐梦想的道路上太过轻松。柴静说："不曾在深夜一人痛哭过的人，不足以谈人生。"那么我说："那些不曾体会过梦想明明触手可得，却被现实拽得越来越远的人，也不足以谈梦想。"

我们是没有天赋也没有优越的家庭背景的普通人，我们也是心中虽然充满了对梦想的渴望、却没有抛开一切勇气为自己而活的庸人。可是，就因为这样的我们，一边被现实残酷地束缚，被责任和亲人的期待压得无法动弹，手脚满是桎梏和无奈的枷锁，可依然憧憬未来那最想要的生活，依然不愿放弃对梦想那仅剩一点点的热血。这样的我们，已对梦想足够坚持。

不逃避、不躲闪、不放弃、不妥协，笑着面对那些曾经嘲笑我们的梦想的人，因为被嘲笑的梦想才有实现的价值。不怕来不及实现，不用在乎需要多久才会实现，因为这样坚定成熟的我们终有一天会实现。

一份梦想，不必让所有人都知道，尤其是身边那些爱你的人，因为倘若他们知道后却无法支持你，你就会有无奈和失落的挫败感。

真正的梦想，是在你自己心灵的一个角落与上天悄悄许下的诺言。

把梦想藏好，但不要丢下。你现在所努力的一切在未来的某一天都会成为你实现它最有力的资本。

先去努力地走好那条必须走的路，只是不要忘记，梦想一直都在那边等着你去实现。

永远热泪盈眶，永远心怀希望

周冲/

只要活着，
泪水就无法干涸，
如同情感无法干涸，
希望无法干涸一样。

我的鼻子小，伶仃地扣在脸颊中间，像一双大煞亲友颜面而被潦草下葬的殉情者的墓。小时候我的父亲看着我说：“鼻子小的人，都是小气的。”我不服气，抬头挺胸，革命女烈士般慷慨陈词：“人不可貌相。”然而很不幸，父亲的话竟成谶言。

我父亲所说的小气，不是吝于钱财，而是性格过于怯懦优柔。说得文气些，是多愁善感，小情小绪。

从小到大，我都不善交友，独来独往，像朵游离于空的灰云。友情这个词汇在我的人生字典里总是得不到详细而生动的注释，我对它的陌生程度与对男厕所内幕的了解情形不相上下。不过，有一位朋友始终亲近忠诚，它在我任何苦难的时候招之即来，彼此相依相惜，不离不弃。

它的名字是——眼泪。

疼痛时哭，快乐时哭，忧伤时哭，幸福时哭，恐惧时哭，悲欢离合时哭，盛情盛意时哭，大起大落时哭，花开花谢时哭——泪水在很大程度上成为我最柔软的后盾，它以一种曲径通幽的方式给予我安全感，并侧面提醒我生命的多情、清醒与百折不挠。

能哭的，毕竟是活着的。

然而，在来自种种途径的教育里，清刚大度，淡化恩仇是为君子尺码，沉溺自身情绪则如陷入光明的背里，耻于启人。曾有相当长的一段时间里，我讳疾忌医地不愿意去正视自己过于旺盛的情感及泪腺。然而，事实毕竟是纸后的火。在无数次的藏匿失败后，我终于接受事实，任泪水恣意横行，铺满我生命的每一个篇章——这些丰盛的眼睛分泌液，一如生生不息的营养水，将某些细柔之物培植得莽莽榛榛，莺飞草长。

年幼的时候，我笨拙，木讷，却又敏感，时常被同伴们排挤出游戏的队列，独自一人站在阴暗的房间里，扶着生锈的窗栅栏向她们无限羡慕地观望。我幻想自己轻俏伶俐，口绽莲花。所有人都喜欢我，和我说话，和我嬉戏，我不再独伫一隅，不再被欢乐排挤出局。然而，幻想并未给我带来丝毫改变，它存在的唯一用途，只是更加衬托出现实的窘迫与难堪。

在童年这场富含象征性的时光序幕里，我以一个灰暗的形象亮相，未老先衰，踽踽独行。

有一回傍晚散学，西边的山峦上正燃着一丛火烧云，棕榈树与梧桐树的大叶子咬着一线灿烂的金边，在酷热未息的风里摇来摇去。一如轻巧的绿扇子，努力地折腾凉意，摇啊摇啊，扇沿镶着的黄流苏一漾一漾地荡。

班里的女孩儿们仿佛被放出笼子的蚂蚱，蹦跳着来到校侧的小地坪，扔下书包，在一方用粉笔画出的白格子内跳房子。我自然是没有参加的，一如往常，独自默默地往家走。穿过小地坪边沿的小路时，我低头踢着一块小石头，一边看着自己瘦削的身影在合欢树影下慢慢挪移——它带着易碎的危机感，宛若干焦的落叶般脆薄。夕阳里，几只蝉叫得正欢，迟谢的桐花从树梢坠落，一如被扔下的擦过伤口的白纸。

“你来吗？”一个女孩儿清亮的声音。我猛然抬起头，仿佛受了震颤，不敢相信自己的耳朵。不知怎的，喉咙忽然哽塞，泪水糊满双眼，什么话也说不出来。于是木桩般怔在那里，既不说好，也不说不好。我知道，我此时的模样一定十分呆滞蠢笨，令人生嫌。她们果然失了兴趣，睨睨眼睛，撇撇嘴：“真木！不要她来了！”

我获得终审判决，落荒而逃，可是，奇怪地，内心竟然十分平静，泪水也缩回了眼眶。仿佛刚刚做了一次不切实际的飞越，现在总算落回了属于自己的泥土。

后来渐渐长大，虽然也一直没有朋友，但已经学会不再因为此类事情而患得患失。然而，每种境状之内，都会有不同的苦闷。痛苦总与生命相生相息。只要知觉清醒，就能清楚地体味到它的百般滋味。

我家右邻有一个妇人，叫筱红。白，肥胖，体重大概过二百。常看到她在院落里洗罢衣裳，从小板凳上起来时，总是先挺起肚子，再狠狠一抻，人往上一拔，方将整个身子立起来。村里人若说起肥人，总是拿她做示例。比方：少吃点吧，别长得跟筱红一样。

但筱红泼辣暴烈，村子里无人敢惹。她老公是个登徒子，勾搭了一个村里的女人，在暗里搞得乐不思蜀。纸毕竟包不住火，事儿终有一天被筱红知晓了，她把袖子一撸，噔噔噔跑到厨房操起一把菜刀，气势汹汹赶到那女人的家去。听村里人说，那女人好可怜，被筱红掴了几个大嘴巴都不敢吱声，家具也被打得稀烂。男人晚上回家，自然生气，扬言要离婚。没想到筱红就地一滚，像一条受了刺激而在泥里剧烈蠕动的白蛆般在地坪上满地翻爬，哭天抢地，时而拿头撞墙，时而跑到杂物间去拿农药，时而蹿到后院的井口跃跃欲试，慌得大家胆战心惊，慌忙用双手在她身上找准一处晃荡的脂肪堆扣住，一边掉头劝她的丈夫回心转意。丈夫受不了这样变相的示威，只好暂时收回了离婚的念头。

筱红有两个孩子，一儿一女，都胖，活脱脱是她的再版，性格也强横。有一回，八岁的妹妹受了她女儿的欺侮，哭哭啼啼，告诉我。我气愤不已，领着妹妹就去找那女孩儿评理。那肥妞板着一张脸，对我们的指责不但无愧，反而冷嘲热讽。正僵持着，筱红来了。我眼看着她庞大的身躯渐渐逼近，内心忽然惧怕到极点，竟然哇的一声大哭起来。

她走过来问我们怎么回事，我从哭声中挤出声音来述说原委，声音短促激烈，像自己受了天大冤屈。筱红没有耐心听我鸡零狗碎地哭诉，在得知她的孩子没受欺侮后，挥挥手把我们赶散了。当周围的一切都静止下来，我一个人在那个小石桥边呆呆地站着，高过人头的木槿篱笆覆下大片阴影，在阴沟边大堆的垃圾和我湿浸浸的脸上缓缓游移。

后来，我离开家乡，去异地念书。父亲在临行前对我说：你这样的孩子，只有靠读书出头，否则，就一无是处了。我明白父亲的言外之意，我处理现实的能力过差，只有于书中寻找容身之所。

不知道为什么，这句话形如咒语，我年幼时期的懵懂忽然间透进光明。从此，我不再浑噩地和尚撞钟，不再沉溺幻想，而是夜以继日，把父亲的话当成信仰般奉行。天道毕竟是酬勤的，我的成绩在那半年里突飞猛进，第一年期中考试，总分竟然在全校遥遥领先，跃居魁首。

发奖状的那天是一个晚秋的午后，天气很好，全校师生都坐在板凳上，看着主席台上就着一只简陋粗糙的麦克风声嘶力竭的校长。几个固定的会议环节之后，就是发奖状。我屏住呼吸，倾听着喇叭里播送的获奖学生的名字："黄晓颖，汪周平，余志刚……"一个又一个名字过去了，我的心越跳越快，怎么还没到我呢？是不是没我的份儿了？我几乎能感觉到自己的脉搏随着名字的增加而愈来愈弱，喧哗的操场已经渐渐离我而去，我正在堕入深谷。直到两分钟以后，教导主任从夹带着韭菜屑的牙缝里逼出最后一个名字"周冲"时，我浑身一震，幸福像群蚁般蜂拥挤来，噬咬着我的骨骼与神经。我已经忘记了那个领奖过程的情景，只记得我一直无法自已，周身抖动，连戴着大红花站在照相机前时都不能镇静，以至于那张荣耀煊赫的合影里，我面目模糊。

奖状发下来后，我犯了难，不知如何安顿它。放在抽屉里怕压坏了，放在包里怕卷皱了，摊在桌上怕弄脏了。我如同生下了一个漂亮的婴孩，幸福，甜蜜，却又忐忑不安。后来，我终于想出好法子，把课桌里的书搬了大部分到桌面上，在抽屉内给奖状赢得了空旷的所在。只是可怜我的老师们在那个星期中，难以看到我那颗书山后面的脑袋，误以为我无心恋学，旷课出去捉小鸟了。

周五在我的企盼中终于来临了。一放学，我提着书包走在那忽然变得美好的田埂上。我没有和同学同行，因为这样微薄的大喜是该背着人的。到了家，父母正在灶间忙活，当我唤出他们，把奖状呈出的时候，他们的眼睛被这张溜平而煊赫的八开硬纸瞬间映亮。我清楚地看到悭苛的生活所积压在他们脸上的灰色苦楚渐融渐解，直到被喜悦完全替代。

那天晚上，母亲捣了一碗糯米糊，父亲仔细地把它们抹在奖状上，谨小慎微，像打磨一个人间罕见的艺术品一般。涂完后，他咯噔拉亮那盏十五支光的电灯，踮着脚，把奖状贴在堂屋正中的白墙上。我注意到，贴奖状的那个位置从前是贴财神爷神像的，现在为了我，父亲连神也不要了。

晚饭时，他们欣喜着，以一种前所未有的温柔语调询问我校内生活，老师怎么样啊，同学相处好不好啊，饭吃得如何，寝室里睡得香不香，然后在他们的生活经验之上过滤出他们觉得最适合我的道理，给我的学习与生活以粗糙朴实的嘱托。看着他们微笑着的脸，我的内心忽然涌出一阵暖流，在脏器之间四向漫延，最后尽数从眼眶溢出。母亲在酱黑的饭桌前担忧地看着我深埋着的脸庞，问我是不是不舒服，我摇摇头，泪水再也无法掩饰，肆无忌惮地流满了一脸。我哽咽着说：爸，妈，我会得更多奖状回来的！

果然，从此我的奖状层出不穷，贴满整个堂屋的北面墙壁。在这些花哨的纸页面前，他们和我一样，找到了维系生活的希望。我们一起咬着牙齿，走过了无数个艰苦的日日夜夜，战胜一个个或大或小的困难。后来，我升学，毕业，工作，日子一帆风顺，光明健康。我们都曾以为，我这一生也许就将落地生根，提前结局，找一个平凡踏实的男人，结婚，生子，买房，确定好一生的格式与位置，然后，余下日子用以重复。

可是，我到底让所有人失望了。

2003年的早春，一个男人闯入我的生活，我完全丧失理智地随他而行，恣意，轰烈。然而，这是一场不宜见人的恋情。上千个日子，我躲在密闭的房间里写日记，痛哭，自残。只要有一个心念，立马就有一场昏天暗地的泪雨，直至哭得内脏绞痛。我不敢听曲子，不敢看煽情的文字，不敢思想，泪腺敏感丰盛到令我害怕。

那时节的冬天总是太过漫长，我穿一件灰色长风衣，裹灰蓝围巾，长发散乱，如同一个移动的悲剧，在小镇苍茫的矮房中穿行，留下一缕缕浓重的灰色气息。夜深了，白昼的喧嚣均已平静，我在孤灯前排列属性过悲的诗文，让自己的心脏与神经又一次纠结于自设的痛苦折磨。“把爱摆上祭坛/神啊，请随便享用/倘若不够，带上你的刀叉，到我的伤口再次剜取……”这种假想的情感献身如同施咒般令我奋不顾身，蛊惑着我青春期的全部心念。

父亲在一个夜晚赶来，把还在床上熟睡的我狠揍一顿。在他如雨的拳脚之中，我既不呻吟，也不哭泣，麻木得像他正在打的是另外一个躯体。我在心底喃喃吟着一句：爱情总是需要付出代价的！可是，当第二天早晨打开门，看到父亲蜷在我的房门口，脸孔青黑，眼睛红肿（他怕我想不开，竟然悄悄地守候了我一夜），我仿佛大梦乍醒，剧烈的疼痛由内而外涌上来，冲垮了头脑中的顽垢陈疾，理智与本性开始复苏、液化，瞬间淹没那张黯然的青春脸孔。

后来，我走出那段噩梦般的日子，离开小镇，去往新的生活。不再沉溺往事，不再为旧事而神伤，健康明亮，像任何一个青春无畏的女子一般生活。有善意者劝慰我："答应我，从此以后，不要再哭了！"然而我发现，我无法应允他的请求。因为，只要活着，泪水就无法干涸，如同情感无法干涸，希望无法干涸一样。

听一曲好音乐，看一处好风景，依然会泣泣然；看到电影中的恋人历经艰险团圆时，我比剧中人还激动；有人背弃诺言，我仍会哀声痛哭；苍老的母亲在路口远远地向我走来，我的迎接就是一脸的泪水……

面对不同人事，只要触及内心，总有新鲜而真实的情感在皮肤之下风生水起。我甚至可以矫情地说，每一场泪水的诞生都令我仿佛重生，尘俗中的冷漠龌龊总在这盐分过高的液体中尽数消融，丧失殆尽，仿佛经过圣浴。然后，心脏与肢体重又水分充足，鲜活坚定，继续前行。

不喧哗，自有声

/这么远那么近

世界无边尘绕绕，

众生无尽业茫茫。

1

今年的生日，我是在工作中度过的。上午在公司加班开会商讨新的广告案，中午赶往电台录下一周的六档节目，傍晚又回到公司改文章、做最终企划。等到忙完才注意时间已经到了凌晨，打开手机看到许多未接来电和信息，很多朋友发来生日的祝福，这时我才察觉，这一年的生日就在这样与平日无异的忙碌中过去了。

公司空荡荡的没有人，只有我办公室的灯还亮着，长时间坐在电脑前肩膀酸疼，站起来的时候浑身骨头嘎嘣嘎嘣响，没有吃晚饭也不觉得饿，倒一杯水，站在办公室二十一层的落地窗前向下望。这个时候，自己的心里不同往日般平静。

整座城市都睡了，窗外远处的霓虹灯已经熄灭，只剩下星星点点的路灯在照亮夜归人的道路，世界安静得像是没有小朋友的幼儿园，但依然有人隐藏在这寂静的深处，放肆地哭，放肆地笑，也有人会和我一样，在浓雾一般的夜色里，平静地望着这个仿佛与自己无关的世界，心里有一片化不开的深情。

人是很奇怪的动物，会随着周围的环境或是天气变化，比如晴天时会觉得开心，阴天会容易伤感，有阳光时会活泼好动，乐此不疲，在夜晚时就会感觉孤独寂寞，冷冷清清。

我就是如此，有时在周末的上午慢慢醒来，如果阳光通过厚重的窗帘透出来，心里就会有希望，愉快地起床，清扫家里，写文字看书。但如果是阴天，就会懊恼地继续把被子拉过头顶，一整天都可能赖在床上。这些在我们看来平常的事情，仿佛是内心的小把戏，用来蒙蔽自己，或是为一些行为找到一个适当的理由。

就像此时此刻，夜晚中的路灯将黑暗戳出一个口子，照亮很小的范围，有人顺着光走去，但不久就会重新陷入黑暗中。我看着那些反反复复的光影，不禁哑然失笑，这种矫情的细微察觉，像极了我们心情的起伏。那些黑暗，只有在遇到了下一个路灯，或者偶尔有一阵风吹来，才会飘浮不定，起起伏伏。

在生日已经过去的这个凌晨，我有一种豁然开朗的感觉，独自站在办公室俯视黑夜中的这座城市，和白天是完全不同的感觉。白天会觉得城市在脚下，或者无法融入这里，而到了夜晚，更多的感觉是城市就在心里，它犹如鬼魅一般刺破阻碍，伴着你生，伴着你死，伴着你到来，伴着你消失。

我曾经想象自己像现在这样站在这里，但此情此景，我却没有想象中那般骄傲或是激动，因为我知道，无论在梦里在路上，总有一个时刻要醒来，也总有黎明在等待。

无论是一片坦途的光明，还是绝望寂静的黑暗，人总是不断向前走，你想到达明天，那么此刻就不要停下脚步。

2

前几日在群里和几位朋友聊天，说到一些内心的话题，大家打趣说：远近就是一副心理医生的做派啊，内心好强大。我在电脑这头笑了，这个世界上哪有生来就强大的人，一切的一切不过是成长之后的领悟。我开玩笑告诉他们，没办法啊，这都是让生活逼出来的。大家深以为然。

曾经我也做过许多荒唐的事情，为了让别人记住，为了和别人不一样，穿奇装异服，染奇怪颜色的头发，写不是自己想说但很特殊的文章，我一次又一次塑造着并非本意但不同的自己。如今我才懂得，真正改变自己的，或是所谓与别人不同的，并非是那些刻意为之的做作，而是这个世界给予自己的艰难。

初中做社会实践课，被安排在街头卖报纸，隆冬时节骑车去郊外的工厂搬运，然后拉到街头叫卖，一块钱一份，买三份送一包牛奶。已经忘记摔了多少跟头，也忘记那时到底有多少辛苦，只记得那些来往行人异样的目光，还有就算是厚重大衣也无法遮住的寒冷，通红的鼻子和裂开的手背。晚上回家冷得说不出话，写实践日记时忍住不让眼泪流下来。

大二时参加各种兼职，做了许多工作，各种各样奇怪的工种我都愿意尝试，在电器城外推销冰箱，举着旗子顺着街道展示新款手机，在各个路口给行人塞广告传单。很多同学都诧异我为什么要做这样辛苦的工作，赚不到多少钱，也没有实际的工作经验，我都只是笑笑说，提早感受一下生活的艰难，才能知道以后的路要怎么走才会轻松。

大三开始在一家著名的传媒公司做兼职策划，现在电视上非常火热的一档娱乐节目，就是我曾经策划的雏形，熬夜写栏目策划，安排通告，做各种琐事，给正式员工跑腿买东西，领导夸我办事认真又勤奋。我最初得意扬扬，但渐渐地我闻到了空气里变质的气味，而当我最终被排挤离开公司时，我清晰地听到了身后放肆夸张的笑声，也清晰地听到了自己咬牙切齿的声音。

也曾经给一个摄影师做第二助理，深冬的夜晚陪他去酒店参加酒会，我穿着当时最好的衣服，却被他嫌弃丢在酒店门口不让进去，我就在寒风中最显眼的位置等了四个小时，没有带钱，穿得单薄，冷得浑身发抖。后来同行的第一助理看我可怜，花了十三块给我买了一份牛腩盖饭，叮嘱我趁热吃。我蹲在酒店旁边的花池旁，就着冷风一口一口吃光了已经变凉的那顿晚饭。

毕业时有一个很好的工作机会，在一家杂志社做市场执行，起薪五千元，在我的同学还没有找到工作或者薪资只有两千元时，我已经把他们甩在了后面。我把它看作是对这几年大学辛苦兼职的报答，一路过关斩将过了三试，人事部已经通知我周一上班，我在前一天高兴地请同学吃饭。就在大家觥筹交错间我接到电话，通知我不用来了，已经有人替代了我。那个时候我清晰地听到了心里“咯噔”一声。

那时我百思不得其解，匆匆赶往公司，求着见随便一个负责人都好，可是前台的姐姐正眼都不看我就把我哄了出来。市场部的总监不忍心，偷偷出来见我，在建外SOHO楼下请我喝咖啡，跟我说了很多事情，包括我的工作。最后她说，你还是太年轻了，不谙世事，替代你的是公司最大投资老板的女儿，你又怎么能扛得过她？那时的自己听到这样的话，痛恨自己的无能，痛恨这个世界的不公平。

工作一年后的我被上海的一家传媒公司挖去跳槽，工作顺利，人际关系也不错，但后来主编却找我谈话，说愿意给我机会让我去更大的地方发展。我当时信以为真，可后来我才知道主编已经在人前人后说尽了我的坏话，说我欺瞒公司接私活，说我随便要求涨薪资，说了那么多我从未做过的事情。当时许多共同的好友从此和我断绝了来往，有部分人后来和我化解了误会，而有一些却带着这样深深的误解，从此远离了我的生活。

还有很多难以启齿的往事，那些都是我几乎不再提及的过往，在这样一个初春的子夜时分，在这个瞬间，在这座城市都隐秘在黑暗中时，它们仿佛死而复生，点燃了我心里最后的一点儿不堪。

我曾经不断安慰自己，那些我们所经受的痛来源于我们深深的爱。有人感谢苦难伴随前行，因为它让你成长，让你变得坚强。但是，曾经的艰难却更多地让我不断看清自己，有些事你当时遇到，未必会明白它的含义，但有些事在心里长久发酵后，才会呈现出不同的模样，一再地提醒自己。

我们的一天天，就是这么矛盾而复杂地过来了。曾经父亲对我说，你的人生可以选择，世界的一切也要接受，但你的内心不能改变。

于是我学会了不去选择而去接受，在尚且年幼的时光里，我把它叫作世界或者是天地，而在经历世事蜕变之后，当那些艰难让自己变得坚不可摧之后，我叫它——人间。

所谓的人间烟火，就是这样一个可以时而温暖、时而冷漠的词语。所谓的人间，就是这样时而光明、时而黑暗的时刻。

是的。它们附着在我们身体的周围，缱绻而来。

3

有朋友曾经愤愤地问我，有人误解你为什么不去解释？本属于你的东西被别人夺走为什么不去抢回来？你是傻子吗？也有朋友问我，为什么我努力了那么多，却没有人知道？为什么我做了那么多事情，却总有人不满意，我到底是哪里做得不够好？

曾经我也是这样，我也羡慕别人的拥有，我也觉得自己不被理解，我也在乎别人的眼光和评价，我也尝试去报复和怨恨。我也会对自己说他算个什么东西，我也会用尽全力去证明我也可以。

有人诋毁我就言辞激烈去辩驳，有人误解我就气急败坏去解释，有人不喜欢我就去质问到底为什么，有人辱骂我就用更加恶毒的语言去回敬。我也有许多黑暗的心理和情绪，也曾在心里记恨一个人，也会恶毒诅咒这个社会，也会在面对高压力时无力。我的确做过许多现在看来无法理解的事情。

没错，我曾经活生生把自己变成了最讨厌的那种人。

这没有什么不敢承认的，我只有承认了过去不完美的自己，才能走向更加完美的自我。一位前辈后来告诉我，不要这么着急，去学学心理学，看看佛经，读读古书，让自己平和下来，带着锋芒去行走，会刺痛别人和自己，只有收敛起自己，才能发光。

在不断学习和往内心探寻与自省之后，我终于明白，这个世界不会因为你的付出就必须给予回报，也不会因为你以怎样的方式对待别人，就要求他人同等对待你。活在这世上，最难的就是保持一份谦卑和平和，而这份谦卑来源于内心的真诚和踏实的努力。

所以，不要试图去解释这个世界上任何的误解和扭曲，存在的都是真理，任何人的成功都不是虚头，他们一定付出了你没有想到的努力和代价，才华、机遇、运气、努力、外貌，甚至是不光彩的事情，都是存在的，没什么值得怀疑。

每个人都不是你所看到的那个样子，他们都是一边是长着翅膀纯洁善良的天使，一边是拿着夜叉面目狰狞的恶魔。他们心中的脆弱和胆小，他们不想承认的虚荣和懦弱，都躲在了那些光鲜之下。他们也有潦倒的时候，他们也看过人间的疾苦，他们也会在选择前犹豫，他们也曾愚蠢地放弃机会，他们也在对自己的下属横眉冷对时，突然想起曾经也有人这样对待过自己。

这么多年过去了，当我过上了自己想要的生活，在别人看来已经春风得意的自己，更要承认自我的卑微和浅薄，更要直面曾经自己的不堪，只有当你看到黑暗，努力冲破它，才会进入新天新地，发现不一样的自己。

这个世界本就邋遢，所以没有什么可怕，每个人都有无法发泄的苦涩，都有无力排解的抑郁，而生活在这里的我们，哪一个不是拼尽全力，甚至不择手段地活着。

这些年，我已经逐渐学会接受，接受意外，接受变故，接受误解，接受努力却暂时得不到回报，接受这个世界的残忍，接受我们身上的那些残缺。我们无法改变这个世界，但依然选择不妥协，我还是让自己努力去爱，去为自己心中所想不顾一切。因为只有这样，我才能感觉真实，会快乐一些。

如果生命把本属于我的东西拿走，一定是认为我还没有足够的资格拥有它，如果有人会因为流言蜚语误解和诽谤自己，那么这样的人远离也是好事。

是我的，终归是我的，不是我的，再去争取也会灰飞烟灭。何必呢？还是默默在角落做好一个旁观者，顺其自然，随遇而安，好好过自己的生活吧。

如果生活伤害了你，也不要灰心，人生必经的道路必定是多磨难的，但我们依然要按照自己的方式去经历、去感受、去接纳，为它曾经给予我们的那份优厚，为它曾经给予的泪水和温暖。

《开头与结尾》里写，真实人生中，我们往往在大势底下无可更改时才迟迟进场，却又在胜败未分的混沌中提早离席。是啊，一切尚未尘埃落定成败不明，你又为什么心甘情愿做那个放弃的迷失者？

曾经我怀疑过，痛苦过，犹豫过。而现在，我选择原谅曾经，原谅了过去的自己，我学会把这一切当作成长。

懂的人始终都会懂，不懂的始终都会误会。这是我对朋友最后说的话。

4

当走过了曾经隐忍的年月再回首时，我才发现，曾经觉得难以启齿的往事，都不过是沧海一粟，生命给予我的，不是那些艰难，而是成长，是学会举重若轻，是将曾经无法释怀的那些过往统统放下。

你要相信，你生命里遇到的每个人每件事，都有它的价值和意义，有些人教会你爱，有些事教会你成长，哪怕只是浅浅在你的路途中留下印记，也是一笔难能可贵的财富。至少在曾经某个时刻，你明白了生活，你懂得了自己。

这个世界如此热闹，网络上无数的人轮番轰炸，有人爱发图，有人爱段子，有人爱吐槽，有人爱自拍，他们活得热闹光彩。但也会有人和我一样，顺着自己生命的姿态在默默成长，他们或许与这个世界格格不入，他们或许不再接受关注，但请你记住，他们和你一样，都拥有向上的力量。

在我不同的成长阶段，我对努力所达到的高峰有不同的答案。现在我觉得，我们通过努力，是让人真切感受到你的真诚，并且给予这份真诚一个默许的认可，而更为重要的是通过努力，不让这个世界改变你的初心，人越长大，初心就显得格外珍贵，此时此刻，做这个世界里一个背光的人是我想做的。

有人说要做一道光，有人说要面对光，但我却想做一个背光的人。自己如果发光，会照亮他人，但也会不小心迷失自己。如果面光而行，会灿烂光明，但也会因为耀眼看不清前方的道路。只有背对着光，才能够看清这个世界，才能把得失成败看透，才能看懂自己真正想要的是什么。

我想起现在很火热的一句话：这样的努力，是因为不想和大多数人一样。这样的正能量凸显出个体的存在和特别。但我却不是这样的看法。我对朋友说，我之所以今天努力，是为了和曾经的自己一样。

曾经的自己拼尽全力在路上，为了自己心中的梦想而活，曾经的自己咬紧牙关勇敢坚强，为了自己所想的生活而活。而我今天的继续远行，是为了不辜负曾经的自己，是为了做和曾经一样努力的自己，是为了对得起曾经的那份隐忍和坚持。

这个世界什么都可以安排，唯独你的心。这个世界失去谁都不可怕不要紧，唯独失去了你自己。以后还有很漫长很漫长的道路，都要一个人走完，都是靠自己。凭借自己的能力去完成这条道路，故事是昨天的瞬间，沿着长长的路，恍然如梦，到永远。

如果开始没有认真考虑如何走下去，那么就继续顺着内心的道路，做那个对自己慷慨义无反顾的流浪者，让每一个想扮演自己的人都尽兴。

这座城市已经渐渐苏醒，白光占据了城市里每一个角落，没有人会想到在曾经的黑暗里，有人写下一些话语，告别了曾经的时光，也有人在无人的黑暗中满怀一颗感恩的心。

这个世界，总有人以你没有想过的方式活着，也总有人为了自我的成长背光而行。

一个难得晴朗的清晨，工作了一夜的我开车前往回家的路上，无数人正在上班的途中。他们和曾经的我无异，也和现在的我相同，他们上班的路那么拥堵，而我背道而驰，却难得地顺畅。我挤过人群，留下空白，我为自己的未来填补出不同的色彩，我在自己生日的第二天，在新的纪年里，默默告诉自己，要做一个依然有担当的人。

这份担当在今日又化为了空白的信笺，要写下什么，留下什么，请自便，请随意，但别忘记。别把一切想得都特别不得了，别以为所有的目光都聚在你身上，别用你的尺子去衡量这世界，这样你会觉得生活也挺好。

我想起了曾经一个广告中的文案，在最后送给看到这里的你，永远不要忘记自己出发时的决心，也不要忘记曾经这时节里的每一个自己，要做不忘初心内心安静的自己——

这个时代，每个人都在大声说话，每个人都在争分夺秒。我们用最快的速度站上高度，但是也在瞬间失去态度，当喇叭声遮盖了引擎声，我们早已忘记，谦谦之道才是君子之道。你问我这个时代需要什么，在别人喧嚣的时候安静，在众人安静的时候发声。

不喧哗，自有声。

我的王国

夏橙/

很明显，那时候的他并不知道，
自己最终没有成为船长，
也没有成为带领千军万马的司令，
更没有成为一个国王。
但他曾经虽然渺小，却能站在高处，
充满骄傲、心无旁骛地看着自己喜爱的风景，
没有一丝惶惶不安。

七岁那年，妈妈牵着我的手带我上小学，我问妈妈："一节课四十分钟有多久？"

妈妈说："你认真听老师讲课就很快很快，但你要是老想着下课就很久很久。"我点点头，就进去了。可我有多动症，甚至没有办法短时间集中注意力，然后每节课就真的好久好久。

一年级快结束的时候，我机关算尽，极尽能事，才终于最后一批入了少先队，戴上了红领巾。戴上红领巾那天，我觉得是我人生中最快乐的一天。

但是快乐没持续多久，我就去了上海。在上海，我的红领巾又被取了下来，换上了绿领巾。我不服，老师给我的解释是，我们只能算"苗苗团"，要到三年级才能戴红领巾。并且，到了上海我才知道，书包居然可以那么重，每天早上妈妈把上万斤的书包帮我背上肩膀以后，手在下面抬着，问我准备好没，我深呼吸一口气说准备好了，然后妈妈放手，我就跪了下去，接着再爬起来，一步一脚印地上学去。但这并不影响我快乐成长。

那年，我连普通话都说不溜，然后就直接说起了上海话。他们听不懂我说什么，我也不知道自己在说什么。我时而粤语，时而普通话，再凭着满嘴“十三点”“猪头三”，很快就和上海小伙伴打成了一片。

不久之后我基本成了孩子王，每天放学带着邻近几个小区里的一群孩子到处跑。我是总司令，跟一个小胖子特别要好。因为小胖子是疯的，我只要手指一指，大喊一声“有敌人”，他就会义无反顾地边喊着“杀啊”边朝着一片虚无的空气冲去，一顿手舞足蹈，冲了上万公里之后才回头认真地跟我说：“报告总司令，敌人已经消灭了，可以继续前进！”由于我颇为欣赏他这种认真的态度，他就成了副司令。

我们这支部队存在的主要意义就是每天瞎逛，敌人基本上除了空气就是地上的小昆虫。同住一栋楼的施阿姨每天站在三楼晾衣服，看着我们在楼下跑来跑去，总会问我：“泽林啊，又去打仗啊？”

她总会充满好奇地问，睁着好奇的双眼，就像那种儿童节目的主持人，做作又可亲的样子，让我觉得她可能痴呆了。但是出于人情世故，我每次都会认真地答复她。然后她让我们稍等，走进大厅里，抓一把糖果撒给我们，跟喂狗似的，但是我们都不在乎，一顿哄抢。

在上海的第一个冬天，我起床发现窗户上结了一层雾，走出门去，发现家门口的水池结冰了，这是我作为一个沿海小朋友所见过最神奇的景象。我的智商毋庸置疑，我幻想着可以在上面滑翔起来，跟动画片里一样，然后直接跳了下去。那天，爸爸妈妈差点儿永远失去了我。

那天过后，我召集了一大群小伙伴，从附近正在装修的房子前捡来许多长长短短的木板，我告诉他们我们将一起造艘船。然后，他们各自兴奋地回家偷出了一大堆工具，铁锤、钉子、扳手、水彩笔、硬纸板……我们的设计图就是用手比画一下“是这样的、这样的和这样的”，然后开始了造船。我们蹲在小区一个僻静的小山坡后面，开始敲敲打打。

一个上午过去，我们就完工了。我们把船搬到小区里最大的一个人工水池。那艘所谓的船，其实结构很像麻将桌，但是我们都没看出来。当把它放进水池里时，我们都屏着呼吸，入水那一刻，它浮了起来，我们才松了一口气，一起欢呼起来。可是那时候谁又能明白，只要是块木板，丢水里就都能浮起来。

当时看着那张“麻将桌”船，没人敢站上去，这个时候我又挺身而出了。

我站在池边，觉得自己是要成为海贼王的男人，于是看准了位置，一下子跳到了船上。皇天不负有心人，我在上面起码站立了一秒，才连人带船翻了下去。

那天我全身湿透，坐在池边，打起了喷嚏，觉得有股忧伤在心间。

妈妈说，人不怕没文化，就怕又没文化又胆大。

那次之后，我被严加看管了一个寒假。但当春天万物复苏，夏天悄悄来临，我又觉得自己行了。那时的我上海话已经说得飞溜，每天“阿拉”来“阿拉”去的，俨然一个上海人，再也没人管我叫“小广东”了。我又开始集结一大群熊孩子，到处作怪。家旁边有个社区幼儿园，周末我们常常爬进去玩，因为里面有个很大的草坪，草坪上有很多滑梯秋千等儿童游戏设施。

只是那里有个凶狠的怪老头儿，负责看守幼儿园。我们难免开始了长达一整个夏天的游击战。

在某个秋日，我和几个小伙伴趁怪老头儿不在，爬进幼儿园的草坪上玩放大镜，用放大镜对准了一堆草。过了一会儿，那堆草就冒烟了。在我们玩得不亦乐乎的时候，小胖掏出了一盒火柴，说试试这个，然后我点燃了一根火柴，丢到草坪里，大喊了一声："跑啊！"一群人又喊又叫一起跑了起来。我们都以为这次也会像玩放大镜一样，过了一会儿它自己就没了，可是跑到草坪边缘的时候，小胖突然拉住了我。我们回头一起看过去，顿时吓蒙了。火没有灭，而是呼啦啦地越烧越大。

当时我们脑子一片空白，迅速地翻出了围栏，然后小胖拉着我一路狂奔。跑到远处时，那片草坪已经冒起了滚滚黑烟。最后我们看到的，是一整片焦黑的草坪。小胖哭了起来，过了一会儿，另外几个小伙伴也哭了。我已经忘记了当时我想了些什么，只记得他们的哭声。我一个人回到家，一整晚都躺在床上，满脑子都是那片焦黑的草坪。

第二天，我跟妈妈坦白了错误，于是再也出不了门了，周末总是被反锁在家里。我整个人变得郁郁寡欢起来，觉得自己就要去坐牢了，每天就在家里等着警察叔叔来接我去监狱。

终于有一天，有人急促地敲打我房间的窗户。我把早就给爸爸妈妈写好的信放在桌子上，准备去坐牢的时候，打开窗户发现是小胖。

小胖一脸高兴地跟我说："没事了，没事了，小区里所有的草坪都烧掉了！"

我心想这下更惨，我一把火把所有草坪都烧掉了。小胖看了看我，又说："原来那些人本来就要烧草坪，奶奶说这样来年才能长得好！"

我听完疑惑地问小胖："也就是说，我烧了也没事？"

小胖用力点点头："运气好！你这次烧了也白烧！但是奶奶说以后千万别玩火了！"

我突然如释重负，觉得自己的人生又重新迎来了曙光。小胖兴奋地说："快出来玩啊！"

我突然又阴沉了下来，说："我现在已经出不了门了。"小胖沮丧地看着我，差点儿哭了出来。

每天放学，我被要求准时回家。那时候住一楼，房子背后有一个自带的院子，每个周末我就傻坐在院子里发呆。后来爸爸觉得我可怜，就在院子里挖了一个水池，用水泥铺好，然后在水池里放进去好多鱼，给我做了一个鱼竿，没有鱼钩，没有鱼饵，我就那么傻不拉叽地坐在池边一动不动地钓鱼。后来憋得慌的我突发奇想，决定在水池旁边的一片小泥地里种东西。那天之后，我不管吃了什么水果，只要有核，都往里面丢。每天蹲在它们旁边盼着它们开花，有尿就往里面撒。后来爸爸和我在那片小泥土地上用竹竿修一个葡萄架，十多天过去，除了杂草，上面什么都没长出来。我问爸爸，爸爸说他也不会种东西。我就想起了幼儿园那个怪老头儿，因为他的传达室旁边种了好多青菜和萝卜。

我径直跑到幼儿园的传达室门口，怪老头儿看了我一眼，就继续低头看报纸。我不知道怎么跟老年人搭讪，就说：“上次我把草坪烧了！”

他抬头看了我一眼，然后说：“我知道，你妈过来跟我说了。”

于是我继续站在那里，一动不动，直到他奇怪地问我：“怎么了？”我才跑进去跟他说：“我要种东西，可是我不会。”

他挑着眉头看了我一会儿，才一改严肃的样子，笑了起来，问我种什么，我也不知道种什么。他那儿离我家就十多米，我就拉着他往家里走，他也没反抗，跟着我去了我家。之后，他又回传达室拿来小铲子和肥料，一整个下午带着我把小泥地上面的小石头、砖块都拣了出来，然后用铲子一直松土。第二天，他又给我拿来一些不知名的种子，帮我撒进土里。

某个傍晚，我放学回家，他手里拿着一包东西，说要帮我种在葡萄架下，到时候就会长很多东西出来，以后就可以在葡萄架下乘凉了。没过多久，果然长出了很多蔓藤植物，爬满了整个架子。爸爸看我小有成效，又找人在水池和泥地之间挖了一个水井，方便我给植物浇水和给鱼池换水。

我渐渐就变得不再疯野，每天放学背着上万斤的书包狂奔回家去看我种的花花草草和养的鱼。那些鱼已经跟我很熟了，我只要站在池边，它们就会自动全部浮出水面，然后我就开始数数，发现一条都没有少，就安心了。

我偶尔去跟花花草草说说话，然后赏它们一泡尿什么的，偶尔去水池边站起来又蹲下去，一直反复，看着那些鱼一下子浮起来，一下子又沉下去。楼上施阿姨放假的时候，就在阳台上读报纸，偶尔看着我在那里忙忙碌碌的，她会问我：“泽林啊，今天不打仗了啊？”

我说："不打了啊。"

施阿姨又说："这是你的小王国啊。"我说："是啊。"

然后她继续低头读报，我继续折腾我的。

那时我们正好学了一篇课文，讲述一只蝌蚪怎么又长尾巴又长腿，然后有一天它就"呱呱呱"了。学完我就很好奇，每天吃完饭准点趴家门口的人工水池边捞蝌蚪，捞了以后就全放进了我家院子的小水池里，并且告诉那些鱼不准吃。那些鱼就真的没吃。我每天对照着课本，观察小蝌蚪们，直到有一天它们真的长成了青蛙。每天夜里，它们成群结队地叫喊一个通宵，逼得我每天夜里临睡前都要去训一会儿话，学着爸爸妈妈的语气，告诉它们："你们晚上不准吵，不准呱呱叫，要按时睡觉。不然你们就不能在家里待着了！"只是没料到，它们完全不怕。后来整幢楼都受不了了，没事就站在自家阳台对着院子里的我喊："泽林啊，求求你把它们放了吧。"

后来我只能放了。我把它们全部装进桶里，带到外面的草地上时，它们都傻愣在原地不动，我顿时感到很心酸。我坐了下来，跟它们告别，说爸爸不能照顾你们了，因为大人们都不喜欢你们。最后我还是舍不得，犹豫了一下，又偷偷抓回来两只，装在裤兜带回了院子。

妈妈怕我伤心，几天过后给我买了一只乌龟，说乌龟不吵，又好养。

我渐渐就习惯了自己玩自己的，小伙伴们全部都看不见我了。小胖来找我，我说现在我有一个王国了，我是国王了，不带兵打仗了。小胖不信，我就带他到我家院子，给他展示我的花花草草和葡萄架，还站在鱼池边展示如何让鱼群浮起又沉下。小胖诧异了一整天。

那只乌龟成了我的大将军，两只青蛙是我的参谋，水池里的鱼是我的一艘艘军舰。我那些玩具、赛车、机器人，则是士兵和战士。它们每天被迫打仗，被迫讲和，被迫上演着一幕幕自编自导的故事。它们有些成了坏蛋，有些成了英雄。两只小青蛙总是被迫乘上四驱车到处晃，而乌龟被我固定在水池边，因为我觉得它要指挥那一艘艘军舰。我熟悉院子里的每一个角落，并且每一个角落都与我有关。我知道哪个角落里藏着西瓜虫，哪个角落每天会有成排的小蚂蚁，我知道里面每一株植物每一个动物的名字，偶尔还要自己调石灰给去院子里掉灰的墙壁打补丁，在墙上画满乱七八糟的东西。每天临睡前，我都去院子里打一桶井水，给花花草草浇一遍。每个周末，都给鱼池换一次水。

我时常玩累了，就把乌龟和青蛙放在我肚子上，躺在地上静静地听着周围不知名的昆虫和鸟叫声，最后迷迷糊糊地睡去。

在某个清晨，我爬上院子里的杂物房，趾高气扬地俯瞰着整个院子，从东看到西，从南望到北，就像在俯瞰着自己的一整个王国。那一刻我觉得很骄傲，我站在上面想了很久，也没想出来自己面对这一整个王国时，心里还想拥有些别的什么。于是我断定，自己那一刻已经拥有了一切。

之后十多年过去，我走过了许多地方，搬离过许多房子，我早忘记了许多关于童年的事情。直到有一天夜里，我看到了一篇别人写的故事里提到了上海，才忽然想起我曾有过一个王国，打开网页，搜索曾居住的地方“浦东金桥湾清水苑”，出来了许多那里的图片。看着熟悉的小区、人工池，我突然眼睛红了。去翻旧照片，看到那时的“小国王”正站在院子里对着镜头不谙世事地傻笑着。

很明显，那时候的他并不知道，自己最终没有成为船长，也没有成为带领千军万马的司令，更没有成为一个国王。但他曾经虽然渺小，却能站在高处，充满骄傲、心无旁骛地看着自己喜爱的风景，没有一丝惶惶与不安。

是那么的幸福。

有一种成长，叫笑对孤独

黄竞天 /

小时候，
谁都希望自己的将来是闪闪发光的。
在成长中不动声色地从幼稚的梦里醒来，
接受现实，习惯残酷。
然后学会忍耐，
毕竟到了最后，一切都要自己承担。

几年前的一个午后，我和长久未见的老友李金子见了一面。她在法国留学多年，我去巴黎旅行的时候，找机会拜访了她。她很称职地为我做了一整天的免费导游，到后来我俩的腿实在撑不下去了，就找了一间街边小馆，坐下来喝点东西，休息一下。因为不是饭点，饭馆里的客人不多。我们找了一个靠窗的座位坐了下来，向午后正在犯困的服务生点了些咖啡小食。

在我们的座位旁，坐着一对恋人。他俩都是典型的南欧人，但看上去已经人到中年。男士矮矮胖胖，长了一脸的大胡子，而女士身形丰满，皮肤被阳光晒出了不少雀斑。我们会注意到他们，完全是因为他们颇为夸张的声调和颇有戏剧性的动作。两人虽然已不年轻，但还是像刚谈恋爱的高中生一样时刻紧紧地依偎在一起，不断地亲吻、爱抚，深情程度仿佛一部最肉麻的言情剧。这让来自东方的我有些不舒服，奈何我们的位置正对着他们两人，我只好扭过头装作看窗外。

不知道是想要向女伴炫耀自己的学识，还是天生的热情好客，那对情侣中的男士竟然向我们搭起话来。

“你们是中国来的吗？”他问，“刚才听到你们说了中文。”

“是。”我和李金子点了点头。

在女伴崇拜的眼神下，男士开始说他曾经去过中国的好多城市，上海、北京、广州……虽然我只是礼貌性地点头客套，但他似乎越说越来劲，干脆搬着凳子就坐到了我们的桌旁，向我们讲起了他自己的人生。

他是一个西班牙人，到处做生意，跑了很多地方。他讲完自己的征途之后，又兴致勃勃地介绍起了他的女伴。

“这是朱丽亚，意大利人。她做木家具的贸易工作。我俩昨天一起参加了法国的木材展，是在那儿认识的。”

“你们昨天才认识？”我盯着他紧紧贴在她腰上的右手，有些不敢相信。

“是啊，有时候爱情来得就是这么突然，你说是吗？”那个名为朱丽亚的女伴情深款款地看着自己的爱郎。

“没办法，我们俩都只在法国待几天，所以我们的爱情也必须抓紧时间，”男士大笑了起来，“毕竟之后还是要回归家庭的，我们也不想让这段感情拖得太久影响我们的另一半啊。”

“你们还都有自己家庭？”我感到自己的眼睛都睁大了整整一倍，“那你们还在一起？”

“得享乐时要及时行乐嘛。”男士神情轻松，仿佛在说一场打发时间的扑克游戏。

可能是因为我接受不了，表情太过严肃，女士觉得气氛有些不对，就打了个哈哈，将自己的情郎拉回了他们自己原本的座位。

李金子悄悄地凑到我的耳朵边说：“别这么死脑经，成年人了，也应该理解这些社会上的阴暗面了。不就是已婚男女搞外遇嘛，现在这个时代，还有多少人能够保证自己能够一辈子守身如玉。”

我转过头看了看李金子，她拍拍我的肩膀，好像在说这些都没有什么大不了的。

“你说得不无道理，”我问李金子，“但是，如果是高中时候的你，可能早已经冲上去把那个男人给胖揍一顿了吧？”

她一下子愣住了，涂着睫毛膏的双眼像是失去了神采一般，变得灰蒙蒙的。

高中时候，我和李金子还是同学。那个时候的她，还不会化妆和打扮，每天穿着校服扎着马尾，看上去很乖。

而这个乖乖女，在距离高考已经不到半年的某一天半夜给我打电话。

当时我已经睡熟，但是刺破空气的电话声还是将我从梦想里叫醒，同时尖刻的，还有她的哭声。

“我没有办法原谅他，”她哽咽着说，“他背叛了我和妈妈，他背叛了这个家。”

高中生李金子口中的“他”是她的爸爸。我在家长会上见过他，长得很高，起码有一米九，头都快要顶到教室的天花板了。听说她爸爸以前是在部队里当兵的，所以背板挺得笔直，走起路来虎虎生风。但就是这样令人特别羡慕的拉风老爸，有一天竟然传出了外遇的丑闻。

虽然我不知道具体的细节，不过我至今都忘不了在电话那头泣不成声的李金子。电话里的她，说自己永远也不会原谅父亲，即使他双膝跪地，跪倒在自己的妻女面前恳请她们的接纳和一次重新开始的机会。她无比憎恨男人对感情的背叛，而最信任的父亲，竟然这样轻易地就破坏了她的信任。她觉得，这种恨将会跟随她的一生。

李金子和我打完电话的第二天，她没有来上学。第三、四、五天，她还是没有来上学。她的课本和杂物就那样一丝不动地堆在她的桌子上积灰。直到有一天，老师告诉我们，李金子休学了，原因是压力过大产生的精神崩溃。不知道内情的老师以为病因是日渐逼近的高考，还特意嘱咐我们要注意劳逸结合。

当时是她的爸爸来学校收拾她的书本和物品的。我还记得，他默默地掸去书上厚厚的灰尘，再一本本地将它们放进一个棕色的布袋里。才几个月不见，这个曾经高大伟岸的男人就像是老了二十岁一样，走路驼着背，头发也变得花白。

当时大家正在人生最重要的独木桥上冲刺，所以李金子的事很快就被我们淡忘了。我只是听说休学后的她一直在精神科治疗，后来错过了高考，很早就出国留学了。

直到高中毕业几年后，我才又一次在法国见到她。

她画着淡妆，穿着当季潮流款的风衣，状态比我想象中要好多了。除了我提到高中的那一瞬间，她的神情有些恍惚，不过很快她又回过神来，有些尴尬地笑了笑。

她说其实现在看来，结果最惨的是她的爸爸："我那时候没日没夜地闹，很快爸爸就和妈妈离婚，搬出家里，一个人住在一间很小很小的房子里。他一直没有结婚，每个月赚的钱都送到我们这里来，自己常常吃泡面。现在的他不过五十多岁，但已经查出得了严重的肝病。我两年前见过他一次，已经老得让我认不出来了。妈妈后来告诉我，本来她都准备原谅他，凑合着一起过。可是他却原谅不了自己，说一辈子都对不起女儿，对不起我妈。他这后半生，都在自我惩罚。"

"现在想想挺后悔的，"李金子的眼睛里荡漾着泪光，"早知道在那个时候，我就不那么为难他了。"

我拍拍李金子的肩膀想要安慰她，但她摆摆手、擦了擦眼睛，很快又恢复了平静的样子。

“没事，都已经过去了。”她说。

她从口袋里掏出一包烟，蓝色的万宝龙。她点烟的手势很熟练，打火机啪嗒一声，烟草噌地亮起，一股烟味从空气里传来。

“你开始抽烟了？”我问。

“很早就开始了，”她吸了口烟，“只不过最近有些烦心事，所以抽得有点多。”

“什么事？”我问。

“闹分手……和男朋友。”她熟练地掸了掸烟灰。她和我提到过自己的男友，她刚来法国就认识了他，到现在应该也有几年了。

“怎么了？”

她又吸了一口烟，这口烟很长，吸得她皱起了眉头。

“认识他的时候，我刚来法国，什么都不会，什么都没有。

走到街上想要买个面包都没有胆量开口，住的地方的房东又欺负我，不让我用厨房做菜，所以我每天只能靠自动贩卖机里的食物过活。

“我的男朋友，他是我法语班的同班同学，看到我每天的午餐只是吃些没有营养的巧克力棒，就问我为什么不好好吃一顿。他教我怎么在食堂点餐，怎么找到街头那些便宜又好吃的餐厅，还常常叫我到他住的地方一起做饭。他对我真的很好，我也很感激他，所以很快就成了他的女朋友。他自己一个人住，我就搬去和他住在一起。那个时候真的很安心，感觉终于找到一个能够照顾我的人。

“但是渐渐的，我发现我们完全是不同世界的人。他是个有钱人，家里条件很好，送他出来读书不是为了学历，只是因为钱多到用不完而已。他几乎不学习，每天玩，所以即使比我大了几岁却还是和我学一样的等级。他的世界里没有努力两个字，只有 party，享乐，酒精，消费。和他在一起之后，我学会了抽烟、学会了喝酒，也学会如何打扮自己，学会如何没心没肺地活。

“其实这根本不是我，我一点也不喜欢自己现在的样子。我也不喜欢他半夜三更还不回家，也不喜欢他每天喝得醉醺醺的样子，更不喜欢他的手机里和各种各样轻浮的女人的亲密合影。

刚开始的时候我还会和他吵架，但他会骂我吃他的住他的，根本没有资格去管他的个人生活。”

“那，后来呢？”我问。

“后来？”她苦笑了一声，“后来我就看开了。我没有再说过他一次，也没有再干涉过他的生活方式。我装作看不见他手机里的暧昧短信，装作闻不到他衣服上香水的味道。当他醉醺醺地躺在我身边的时候，我就听着他的鼾声安慰自己，不管他玩得多凶，他最终还是会回到我身边的。那一个个夜里，我常常想，就这么过吧，只要他在我身边，那就过一天算一天。

“直到这个月初，他突然一声不响地回国了。他经常这样不留一句话就离开，一走就是好几天，所以我也见怪不怪。在他回来的那天，我还记得他很安静地坐在沙发上。我问他‘回来了，饿不饿，要不要做点东西给你吃’，他说不要。他让我在他旁边坐下，握住我的手，对我说‘分手吧’。

“原来他这次回国，父母已经给他安排了相亲，对方是一个和他门当户对的女孩子，一样的有钱，一样的骄纵。他这次回法国收拾行李，过几天就回国结婚、继承家业，以后都不会再来了。

“他说他爱我，但是像他这种人，婚姻永远都不是一件可以自己决定的事。我看到他哭了，那是他第一次在我面前哭，眼泪吧嗒吧嗒的，很像个糖果被人抢走的小孩。

“我对他说，‘没关系，我理解，我们分手吧’。那天晚上我们抱在一起，他哭累了，就在我怀里睡着了。我在他熟睡的时候，一声不响地收拾好了自己的行李，在天亮前就搬了出去。我没有地方去，就拖着箱子在公园里坐着。第二天早上天亮了之后，才敢去敲好朋友的门求她收留我几天。”

“你没有闹？”我听着觉得气不过，“他怎么说和别人结婚就和别人结婚，太不负责任了吧？”

“有什么可闹的，我已经失去了，再闹也不是我的。”她抽完了一支烟，轻轻地将烟屁股在烟灰缸里按熄，“我知道我们没有未来，他的家庭永远都不会接受我这种条件的女孩。我从来没有期待过什么，因为我知道总有一天他会走，只是没想到这一天来得这么快而已。”

我张张嘴想要说些什么，却什么都没有说出口。正在这个时候，她的手机突然响了。

她看了看来电显示，对我说：“不好意思，这个电话我得接。”

我点头说没有问题。

在接电话前，她使劲地干咳了一下，让被刚才那支烟熏哑的嗓音变得稍稍顺滑了一些。接着她按下了绿色的接听键，将手机放在耳边。

“妈。”她用一种带着笑意的口吻对着电话那头说了起来，“嗯，我挺好的。你不要担心。”

“我在外面喝咖啡，你呢，吃了吗？怎么又吃面条呀，不是和你说了吗，自己做些有营养的东西。上次回国给你带的欧洲橄榄油特别好，你别不舍得用哪。”

“男朋友？”她的语气变得有些犹豫，不过很快又笑了起来，“你别瞎操心啦。他对我很好，我们从来不吵架的。你不要担心，他在生活上很照顾我的，我们这里一切都好。”

“嗯，我会照顾好自己的，你也要照顾好自己。吃饭要好好吃，别瞎凑合。”

……

李金子正在用力微笑着，她的眼角折出了几道和年龄不符的深纹。她用听上去毫无烦恼的声音对着电话那头，向身处国内的妈妈不动声色地撒谎。她熟练地把自己的伤口和眼泪藏起来，一句句的“我很好”听着让人格外安心。此刻的她，虽然笑着，但却让我觉得她特别孤单、特别悲凉。

若是问李金子，她肯定不会承认的。她像骗她妈妈一样骗所有人，包括她自己。然而我知道，这只是她不得不承受的成长的痛苦。而她所隐藏的一切孤单和疼痛，都只能由她一个人扛。

我看着李金子，突然想到了日本导演中岛哲也。他的电影里充满了人生的悲剧和残酷，但那些最悲剧的人物总是被烘托以最鲜亮色彩和最欢快的歌曲。他能够用单纯明媚的微笑描述背叛和抛弃、死亡和谋杀，用色彩纷呈的游乐园讲述被整个世界都抛弃的女人的一生。在他的电影里，最打动人心的是一种深入灵魂的孤独感。这是一种热闹的孤独，是知道了所有的残酷，但还要在用尽全力去微笑的孤独。

我把中岛哲也的电影推荐给打完越洋电话的李金子看。那天下午，我们借着街边咖啡馆时断时续的网络，用手机看完了一整部《被嫌弃的松子的一生》。

“他们都说女主角挺惨的，一辈子都在被人抛弃，最后还横尸街头。”看完电影的时候，我感叹地说。

“小时候，谁都希望自己的将来是闪闪发光的。但是等到长大了，发现自己不仅没有实现任何一个梦想，还深陷沼泽而不可自救。”李金子重复着电影里的台词。

“成长不就是这么一回事吗，从幼稚的梦里醒来，接受现实，习惯残酷。然后学会不动声色地忍耐，毕竟到了最后，一切都要自己承担。”

“什么都一个人扛下来，你不会觉得孤独吗？”我问。

“可是这才是成长的常态，不是吗？”她答。

人无再少年

姬霄/

在此之前，多少个长夜你辗转反侧，

相思如山倒。

多少个瞬间你爱憎交织，

痛斩情人肠，

你以为失恋那天的痛彻心扉令你永生不忘，

却永远都想不到，

当看着她戴上别人的戒指时，

自己竟会如此的淡定。

1

“我以为那天我不会流泪，只是风很大，吹的眼睛也睁不开了。我站在学校后门的石桥边上，难过得想一死了之，但徘徊了一整个下午，到底也没能鼓起勇气。直到日暮西沉，风也不知何时停了下来。我忽然想起该吃晚饭了，于是，我终于找准方向，向学校的食堂走去……”

在前往云城的大巴上，你声情并茂地向粥粥描述自己第一次失恋那天的场景。还没讲完，粥粥就扑哧一声笑了：“你的心理活动也太跌宕起伏了，可以拿去拍情景喜剧了。”

你辩解道，可这都是事实啊，你的记忆甚至可以具体到你和子青分手的那一秒钟。听到你这么说，粥粥不说话了，只是带着诡异的笑容望向你，像是问都过去多久啦，你怎么还记得这茬事呀。

你还想解释，但前排座位上忽然有人晕车，吐了一地，臭味在狭窄的车厢里弥漫开来。粥粥紧跟着骂了一句，像乌龟似的把脑袋缩进了衣领里。于是你只好将剩下的半截话压在舌底，眯着眼向车窗外望去。

说起你和子青，就不得不说你们共同经历的中学时代。那是一个从头到脚都散发荷尔蒙气息的年龄。你们年轻而愚蠢，没人思考一段感情是否合适，有无未来，恋爱的唯一条件就是彼此喜欢。那时的你情窦初开，她年少爱笑，两个人成为情侣可以说顺理成章。

然而少年的恋爱不仅拥有灿烂的美好，还充满了矫情和自我。

时过境迁，当你重新审视这份恋爱棋局中的关系。如果当时子青的同桌不是你，如果子青那天回家时你没有邀请她坐上你的自行车后座，如果子青因为小考失利躲在楼顶哭泣时，没有撞上偷偷跑去抽烟的你。那么你和子青还会在一起吗？

你没有敢继续往下想，虽然与朋友在K歌房欢唱时也会缠绵悱恻地唱“冥冥中遇上她，倦极也不痛”，但时光已经让你清楚地明白，青春的爱恋之所以近乎完美，是因为那其中包含了太多一厢情愿的幻想。

2

紧随着每三秒一次颠簸的节奏，你和粥粥终于抵达了此行的目的地云水煜园。这是云城最豪华的庄园式饭店，许多云城人都以能在这里宴请宾客为荣。你知道，几个小时后，子青的婚礼也将在这里举行。你、粥粥，还有许多高中同学都会应邀到场。

回想起收到请柬的那一刻，你的心情不知是兴奋还是感慨。也难怪，自从高中毕业后，你就再也没有子青的任何消息，仿佛后半生都将与她无关，此时突然得知她并没有将你忘记，怎会不激动？而那却是一封她与别人婚礼的请柬，看着曾经相爱的人挽起旁人的臂弯，曾经的主角变成了观众，这样的反差又怎会不令你感慨呢？

迈出车门，你的第一个动作是抬头望了望久违的天空。这座你曾经度过高中三年的城市，每一个路口都有种熟悉而亲切的感觉，从你的脚底一直弥漫到身体里的每一个细胞。

你下意识地左右张望，以为还能像从前一样，轻易地从路人中拎出一两个熟悉的面孔。但显然不能，你失望地掏出手机打给老陆，报上位置静候。

等了许久，老陆的身影才从一条巷口出现。曾经宿舍里的死党见到你，像土匪似的将你扛起来，然后狠狠地摔在地上。你闷哼一声，随即笑逐颜开。多年未见的老同学已经显出成熟男人的体魄，只有留在脸颊上的胡茬儿和痘印来证明逝去的青春。

久别重逢，这让你想起一些富含诗意的语句。比如莎士比亚那句：迁延蹉跎，来日无多，二十丽姝，请来吻我，衰草枯杨，青春易过。又比如李宗盛《风柜来的人》唱的：青春正是长长的风，来自无垠，去向无踪。

“大作家，别犯你那职业病啦。”一同前来的胖岛粗声粗气地打断你的意淫。

他浑身散发着洗浴中心的味道，老远就闻得到。细看之下，他的裤腰系得老高，敞开的衬衫领子里还露出一条粗粗的金项链。感觉比实际年龄成熟很多，那个当年被全班女生评为最具亲和力的少女之友胖岛，在他身上已经荡然无存。

毕业后胖岛没读大学，早早继承了父亲开的澡堂。四年里将澡堂翻修成了桑拿城，规模扩大了好几倍，而胖岛的腰围也随着资产的增长翻了好几番。

这边，你努力回想着读书时胖岛的模样，没等回过神，肩膀上又挨了一拳，这次行凶的是老陆。

“来啦，好久不见了。”他笑着说，露出一口整齐的白牙。来不及反应，他已将你结结实实地拥抱在他的怀中。你有些许不适，但并未挣扎。是的，整日混迹在彬彬有礼、保持距离的繁华都会中，你差点儿忘了原来拥抱的感觉是这样的。

3

“走吧，铁头他们早就进去了。”胖岛说，他是子青婚礼的官方联络员。想来也只有这少女之友，才能在过去这么多年后，还和班上所有同学保持着联系。

你们沿着那条幽暗小巷向婚礼现场行进。老陆走在最前，粥粥其次，然而两个人却刻意保持着不远不近的距离。

望着两人背影，你想起读书时他俩曾是一对。老陆先追的粥粥，那时候每晚他都会去帮粥粥提暖水瓶，持续了整整一个学期。你们都以为是老陆的锲而不舍融化了女神心，粥粥却告诉你，有一天放学，她看到老陆独自留在教室里画黑板报，一个个铿锵有力的粉笔字从他指尖浮现。那个瞬间，这个专注而认真的男生一下子让她怦然心动。

毕业后，他们考去了不同的城市。起初两年还将这场异地恋谈得有滋有味，再后来就突然分手了。听说老陆有了新的女友，但老陆却说，是粥粥先和学长谈起了恋爱。孰是孰非，就像他们在一起的时刻那样难以分辨。

不是你我太造作，只怪时光一不小心排错了位。

你望着他们一前一后，不紧不慢的步伐，回想起他俩“事发”的那晚。老陆在你们的严刑逼供下，被迫穿着一条裤头站在阳台上汇报约会的进展，亲到了嘴，摸到了胸，虽然被冻得浑身哆嗦，但只要一提及粥粥的名字，他的脸上就会洋溢出白痴般僵硬的傻笑。此时此地，那样的傻笑，那样的少年，已成了青春恋情中独有的容颜。

你一边走一边回想，那些过去的熟悉的场景如同幻灯片，陆续在眼前闪现，令你心潮迭涌，脚步也渐渐慢下来。下一秒，终于将你定在了原地。你目不转睛地望着路旁的电话亭，那些年的记忆扑面而来。

时至今日，学子们早已跨入手机时代，这样的电话亭早已废弃。而在你们的时代里，这是唯一的通信工具。就在这里，你一次次拨打着寻呼台，报上子青的传呼机号，任他酷暑严寒，默默等待她的来电。每次刚一挂机，子青的电话就会接踵而至。

你们的话题稚嫩可笑，从同学的八卦趣闻到对老师的抱怨咒骂，有时甚至会正经八百地谈起中国加入世贸组织后的宏伟远景，但更多的时候，你只是单纯地想听到她轻轻柔柔的声音，再对她说一声晚安，就足以度过那一个个漫长无聊的夜晚。

想到这里，你笑了，笑那时的单纯青涩、矫情做作。然而，这样的笑容在下一个瞬间里又变得苦涩起来。

你想起与子青分手的那天夜晚，依然是这里，你不厌其烦地拨打那个号码，却再也没有回应。寒风中，你双手颤抖地握着话筒，对着寻呼台的通信员泣不成声，被对方骂作神经病直接挂掉电话。

你想起那晚有学生在江边放焰火表白，声嘶力竭喊着“我爱你”，伴随着天空中烟花的巨响令半条街的汽车都发出了警报声，而你的耳朵却只听得到话筒中传来的嘟嘟嘟的忙音。

你杵在那儿，仿佛将那天的记忆从内到外再度经历了一遍，这漫长的过程足以令与你并肩而行的胖岛觉察到异样，他扭头看着你问：“发什么呆？”你却重新迈开脚步。你明白，人终将拥有一些永远无法与人分享的记忆，就像青春落幕时的所有悲伤哭泣和矫揉造作，再也不会有第二个人知晓了。

4

转眼间，婚礼现场已近在眼前。铁头和双核坐在一张空桌前，在宾客席中尤其显眼，当年512宿舍的舍友再度重聚，只剩嘉泽宁一人身在国外无法赶回来。

“也等太久了，你们是在龟爬吗？”铁头还是老样子，出口即伤人，难怪到现在都还没交到女朋友。双核站在他身后没说话，远远地冲你笑了笑。

看到双核，你愣了一秒，下个瞬间你条件反射般地想转身逃跑，躲开这个尴尬的见面。毕业后你们就再也没联系过了，这并非离远日疏，而是你始终无法面对他，这个高中时你最亲密的兄弟，同时也是最棘手的情敌。

说起来，子青和你在一起之前，一直是双核在追她。他们从小在一个家属院长大，他一直喜欢子青，搬进新生宿舍的第一天，他站在楼道里对所有男生大声宣布，高中三年一定要追到子青，那副踌躇满志的模样深深刻在你的脑海里。

双核外表阳光帅气，嘴里有说不完的甜言蜜语，生来就讨女生们喜欢。不仅如此，他的成绩也在班上出类拔萃，在他的脑袋里就像装了两个大脑，课堂内外的知识随便怎么考他，他都能信手拈来。

跟子青表白时，他召唤宿舍所有人拿出自己的复读机，随后缓缓朗诵了一封自己写的情书。每念完一个段落，就用手势指挥：1号机启动班纳瑞的钢琴曲充当背景音，2号机切一首《彩虹》渐进，3号机调好下一首《最美》等候……最后，一封制作精良的立体声感式情书就这样在简陋的宿舍里完成。

然而不知为何，这份感天动地的心意依然没有打动子青。在所有女生羡慕的眼神中，子青却对他敬而远之，反而与身为同桌的你越走越近。

那段时间你进退两难，宿舍中原本和睦的气氛忽然变得冷冰冰的。也难怪，毕竟在双核和其他人心中，是你抢走了兄弟的梦中情人，这种行为在一腔正义的少年时期显得尤为可耻。但与此同时，第一次尝到爱情滋味的你却无论如何也舍弃不掉对子青的感情。

双核再也没跟你说过话。直到高三那年，你和子青发生了一次史无前例的争吵，子青躲在宿舍里不肯见你。你无奈打电话到她宿舍，却发现一直占线到凌晨。第二天，你问了子青的室友才知道，那晚打电话的人是子青，而电话那一头的是双核。

他竟然在你和子青感情最脆弱的时候下手。你气得热血沸腾，疯了似的冲进宿舍，一脚踢飞了正在洗衣服的双核，两人拎着暖壶和脸盆狠狠地干了一架。最终双核不是你的对手，你看着他倒在阳台上，再无反抗之力，慢慢地，有鲜血从他的额头流了下来。你顿时慌了神儿，大声疾呼宿舍其他人将双核送去了医院。等候的间隙你才发现，自己的手背也被碎裂的暖水瓶割开一条两指宽的伤口，但这时候，已经没有人在意你了。

那场架你胜利了，可你与子青的感情却在那场架之后彻底瓦解。子青告诉你，那晚在电话中，双核一直在帮你说话，劝她原谅你。但没想到你竟然如此狭隘和卑鄙。她看也不看你的伤口，决然地转身离去。

“傻愣着想什么呢？”胖岛碰了碰你的肩膀，你终于回过神来。

“一定是因为子青结婚,受不了打击呗。”铁头嬉皮笑脸地说。

“怎么可能？读书时的恋爱只是玩玩而已。”你慌忙反驳道，说完你脸颊一热，心虚地瞄了眼双核，却惊讶地发现了他手上的烟。盯着那明灭的烟头，你想起他曾经豪情万丈地吹嘘：为了未来的老婆，会做一个永不吸烟的好男人。

时间悄无声息地将每一个人的过去掩埋。

“高中三年，我一定要追到子青！”你兀自回想着那个青春洋溢的双核，他却掏出皮夹，向你们展示他未婚妻子的照片。那女孩儿笑容温婉，风姿绰然，与子青截然不同。

“真有你的！”大家纷纷赞叹，你什么也没说，却趁无人注意的时候，在他耳边轻声说了句：“对不起。”

此时的婚礼现场已是人声鼎沸，伴随着礼乐的奏响，子青终于出现在你们眼前。她身着白纱，不疾不徐，如同女神般向在座宾客微微颔首。待她走到红毯中央，刹那间，彩炮齐响，金花飞扬。那一头，新郎款款来迎，飒然如风。

来不及感慨，老陆已经悄悄把手摁在你的肩头。

“会过去的。”他说。

“别逗了，我已经不是少年。”你挣开他的手，静静地望着子青将手放在新郎的臂弯，心中波澜不惊。

在此之前，多少个长夜你辗转反侧，相思如山倒。多少个瞬间你爱憎交织，痛斩情人肠，你以为失恋那天的痛彻心扉令你永生不忘，却永远都想不到，当看着她戴上别人的戒指时，自己竟会如此的淡定。

酒过三巡，你意料之中地醉了，老陆摁着你问："当初你说自己酒精过敏是真是假？"你笑着摇头，将酒杯斟满转向下一个目标。

那一天，你抽风似的推杯换盏，却终究抵挡不住酒精的淫威。你根本不知道战场是怎么转移到KTV的，人影绰绰，不分东西，将昏未昏之际，你听见铁头唱道：

"让我与你握别，再轻轻抽出我的手，是那样万般无奈的凝视，渡口旁找不到一朵相送的花。"

伴随着这样的歌声，你的思绪仿佛飞回到了时过境迁前的城市。你和老陆凑钱到校门口吃一盘麻婆豆腐，回到宿舍，胖岛一丝不挂在阳台上洗冷水澡，铁头还在跟双核探讨他那遥遥无期的女友，嘉泽宁看见你，推了推眼镜说："子青刚才来找过你。"

不过是流着眼泪吃肉

/陈亚豪

伟大的人或许都有着相同的伟大，
可平凡的人，
一定都有着不同的伟大。
生活啊，
不过如此，
流着眼泪也要吃下肉。

7月中旬大学毕业后，我来到望京工作。离家不算远，坐一个小时的地铁，但下了地铁到单位还有将近五公里的步行距离。好在望京这一片有非常发达的三蹦子市场，北京人俗称的蹦子，就是那种烧油的三轮车，经常在路上和汽车飙，毫不示弱，还总是一蹦一蹦的。坐在里面总有种随时翻车的刺激感，从地铁口到公司十块钱，价钱合理，又能享受到飞起来的感觉，坐三蹦子就这样成了我每天生活必不可少的一件乐事。

三蹦子由于车身不稳，油门难以控制，又没有避震系统，所以翻车的概率较高，有很大的安全隐患。City God们，也就是城管，每周都会进行一次三蹦子大扫荡，连车带人一块儿押走，再加重罚款。基本上望京这一带干三蹦子生意的都是外地来京的底层打工人员，没钱、没文化、没人脉、没技能，但凡有一点儿路子的都不会干这门差事，白天在地铁口趴活儿，一边拉客一边调动全身感官提防城管，晚上住在四百元一月的地下室里。他们和三蹦子一样，每天拼尽全力不停地飞奔，但随时要做好翻车倒地，就此告别这片土地的准备。这些都是一位优秀三蹦子驾驶员讲给我听的。

他让我叫他小六，来北京打工第三年，今年二十二，和我一样大，但坚持叫我大哥。他说坐他车的都是大哥，并不是因为我有大哥的范儿，请我不要再拒绝。我们的相识缘自我常坐他的蹦子，后来慢慢熟悉，从老顾客成了蹦友。每天清晨我走出地铁的时候他都会在路边叼根红梅等着我，这个时间点如果出现别的顾客他都会道歉谢绝，死心塌地地等我。小六是我所体验过的最优秀的三蹦子驾驶员，他常用的招牌驾驶姿势是下身跷着二郎腿，就这样炫酷的姿势却能把车骑得极稳，实在天赋异禀。不过他有一点不太好，总喜欢在路上和我聊天，我倒不是担心他会因此分心，而是他总是喜欢回过头来和我聊天，用后脑勺目视前方。

小六每天都会乐着给我讲点生活趣事，昨天哪个竞争对手翻车了，也不称称自己几斤几两，以为三蹦子是谁都能开的吗！前天哪个哥儿们一不留神撞到了城管，当场就义愤填膺地抄起随时备好的钳子卸下了一个轱辘，死活咬定这不是三个轮的。还有他千里之外的家里事，他三代单传，去年媳妇给他生了个儿子，一家人高兴得不得了，只是造化弄人，小儿子半年前得了怪病，呼吸常出现困难，方圆百里看了一遍，还是没治好。“不过不要紧，山里的孩子都命硬，我再攒个半年钱就把儿子带到北京的大医院来，咱首都还能治不好？”讲这些时小六依然乐呵着，并且，还是非要把头扭过来看着我讲。

我喜欢小六，因为他总是两眼眯成一条线，乐呵呵的，每天早上看到他，我都觉得阳光暖得可以驱散掉北京的雾霾。

9月中旬的一个早晨，我继续坐着小六的三蹦子藐视所有我们一路超过的汽车。那天小六没要我钱，他说他要回趟老家，估计月末才能回来，这段时间送不了我了，给我推荐了两个同行好哥们儿，叫我以后坐他们的车，并告诉我他们是这一带排名第二和第三的三蹦子驾驶员。第二天，小六的身影便没有再出现在地铁门口，生活还要继续，我依然坐着三蹦子去公司。不过第一天没有小六的日子，我乘坐的三蹦子就为了抢路和同样目空一切的马路霸主——公交车蹭上了，险些侧翻。我很怀念小六。

终有一天你会明白，如果你遇见了一个优秀的三蹦子驾驶员之后，其他蹦子都会变成将就。

一个星期后，小六提前回来了，在地铁门口看到他时我蹦蹦跳跳地就过去上了他的车。他依然眼睛眯成一条细线，乐呵呵的。只是眼角的皱纹比走那天深了一些。我开心得不得了，过去乘蹦奔腾、策蹦驰骋的日子又回来了，我又可以在小六的蹦子上觊觎一切豪车了。小六的技术丝毫没有退步，驾起车来反而更加迅猛，像一头压抑许久的野兽，向这个世界怒吼着冲向公司。

那天到公司的时间较已往早了几分钟，下车时我想起还一直没问他之前突然回老家的原因。“六子，那会儿怎么突然说走就走了，家里没出啥事吧？”“没事大哥，儿子病情严重了，媳妇和我娘着急，让我回去看看。”

“那现在好些了吧，看你没到月末就回来了。”

“死了。喘不上气，眼看着死的，小脸都憋紫了。”

我一时怔住，嗓子里像卡进了玻璃碎片，再说不出任何话语，连唾液都忘了该如何吞咽。

“死就死了吧，这娃命苦，生下来就受这活罪。我没出息，实在没法儿治好他，早点投胎去个好人家，千万别再给我当儿子。”

没有悲愤，没有凄凉，甚至连情绪的变化都没有，小六就这样平静地讲述着一个好像与他毫无关系的孩童的死去。

可他眼角下那在一周里好像被锥子凿刻了的皱纹，没能藏住他内心的悲痛。

秋日清晨的暖阳照射到小六的脸上，他的眼睛又重新眯了起来，嘴角再次咧出弧度："大哥，你快去上班吧，我回去趴活儿了，明儿见。"

不似春的生机盎然，夏的浪漫浮华，冬的安宁沉静，秋天就像一位历经人间百态、谙熟命途多舛的中年男子，已经走过了盎然，穿过了浪漫，为了那最终的安宁，只得坚强到沧桑满面。

或许每个人，都逃不过这命里的秋天吧。

9月末，一位过去要好的舞友阿飞来找我和其他两个哥们儿吃饭，每个人都西装革履，人模人样的，再也不是曾经那个放荡不羁一边走路一边塞着耳机做Pop的街舞少年。饭桌上，我们聊起了过去跳舞带给彼此的快乐，聊起拿过的奖项，创下的辉煌，还有台下姑娘们的尖叫。只是谁都逃脱不了岁月这把刻刀，青春里的光鲜和华美都会被它悉数刻进眼角的鱼尾纹，埋藏在"当年勇"的话题里。

阿飞说，刚毕业那会儿，身边跳舞的朋友还都在坚持，每周都会找个舞室聚一下。现在都找不到人了，就剩他自个每晚洗完澡在浴室的镜子前翩翩起舞了。

阿飞是东北人，我对阿飞的了解其实只限于舞蹈。四年前他来我家这边念大学横扫了本土街舞圈的所有人，他是我认识的跳舞朋友里练舞时最专注的，也是唯一一个把爱好坚持进生命里的人。不过后来被我反超了，让我抢回来了本土第一的宝座，没办法，我就是受不了别人比我帅。

除此之外，我还知道阿飞很喜欢笑。四年，我几乎从来没有听他讲过一件不开心的事，永远笑嘻嘻的，永远生活太美好。有一次他丢了钱包，钱包里除了各种卡之外还有刚取的两千元人民币，但他的第一反应是立马找出一支笔和一张纸，埋头写了半小时，然后咧着嘴对我们说："哈哈哈，终于可以狠宰你们一顿了！"我们这才发现纸上写的是下个月要蹭饭的人名单和详细的时间安排……

席间阿飞出去接了个电话，回来后眼圈就红了，要了一瓶白酒和六瓶啤酒。他从来不喝酒，他总说他喝这玩意儿就是喝毒药，每喝一口都得少活两天。另一个哥们儿前阵子刚因为中美异地和四年的恋人分手，一直嚷嚷着要喝两杯，看到阿飞现在舍命陪君子，大家的酒兴都被点燃了。

借着酒劲，你一言我一语地开始诉说起各自最近生活的不如意，但觥筹交错间没有任何安慰的话语，只有嘻嘻哈哈，互相指着鼻子嘲讽着对方的苦痛。很多事情，还真的是笑笑就过去了。

阿飞一直没有说话，还是笑，只是笑。

他用迷离的眼神看着我："你知道为什么我对舞蹈这么坚持吗？"旁边的大宇说："豪哥，我跟你说，阿飞可是有故事的人，你们以前没深聊过，绝对够你写篇文章的。"

我知道他有故事，一直都知道。

这些年我认识或遇见过不少像阿飞一样的人，每天都没心没肺的，恨不得把嘴角咧到耳根，简直觉得他们是在郭德纲的相声里长大的孩子。

可是越是这样的人，越是总隐约觉得他们的心里并没有那么多的明亮。就像那句听起来很矫情的话，笑得最开心的人往往也是哭得最伤心的人，这话其实还挺对的。

越是拼尽全力地向阳生长，越是为了甩开身体里的阴影。

那些似乎从来没有过灰暗情绪的，始终不愿提及悲苦故事的人，心里都不知道藏了多少疤。我们避而不谈的，往往像极了我们自己。

这是认识阿飞这些年，他第一次主动讲述自己："年幼的时候父母离婚，没过两年，妈就去世了，因为先天的遗传疾病。从小到大我都是在姥姥身边长大的，她是我这世上最亲的人，也是唯一的。上学后，由于家庭原因，基本上都在四处转学漂泊，我从来就没有过什么朋友。妈的病也遗传到了我身上，身体一直很差，其实能活多久我自己也不知道。好在后来接触了街舞，跳舞对我来说远不只是爱好，是我生命的一部分。说句夸张的，它是我的精神寄托。而且让人开心的是，因为跳舞我认识了不少朋友。我对人生没什么想法，没有奢求也没有梦想，我就觉得能活着就很好了。现在每天早上游泳晚上跑步，尽量维持身体健康，使劲活，能和朋友们跳跳舞，偶尔像现在一样破戒喝两口酒就够了。"

阿飞平淡地讲完这段话，只是讲述，没有任何对苦痛的倾诉和怨愤。大家什么也没说，一起干了杯中酒。

"人活着必须坚强，除了坚强，一切都没有意义。"这是那天酒桌上阿飞的结束语。

走出饭店时夜幕已深，哥儿几个一时兴起想跳会儿舞，于是我们走到一个路灯下围成一圈，用手机放起音乐，一人一段轮流跳了起来。没有舞台，没有追光灯，没有音响，没有观众，只有我们自己。9月末的北京已经很凉，但大家都跳到大汗淋漓，坐在马路牙子上，你看着我我看着你，哈哈哈地笑了起来。

能吃肉的时候就大口吃肉，想喝酒的时候就喝个痛快。挫折、苦难，悲伤、失落，迷茫、彷徨，离别、孤单，这不过是一个个两字词语，被它们击倒的人，不过是不想再站起来的人。

那晚阿飞接到的那个让他忽然红了眼眶的电话内容，是他姥姥去世的消息。从小带他长大的姥姥，他这辈子最亲的人。我们告别时他告诉大家的。

“每一个不曾起舞的日子，都是对过往生命的辜负。”我想起了狂人尼采的这句话。

10月中旬的清晨，我继续坐着六子的三蹦子来到公司，下车离开时六子叫住了我：“大哥，晚上有空吗，想请你吃个饭！”“有啊，五点下班，楼下等我。”

“对了，给咱这座驾洗个澡，晚上咱去点上档次的饭店，就开着它去。”小六笑着眯起眼睛，爽快地答道：“好嘞。”我也眯起了眼睛。

下班后，小六如约而至，还真给三蹦子洗了个澡，那铁皮锃亮锃亮的。我当时想着如果下一部变形金刚里能出现一辆三蹦子，那绝对亮瞎中国观众的眼睛。我上车给他指着路，小六继续跷着二郎腿，老样子，一边向前开一边回过头和我聊着天，在一家朝鲜烤串城前我们停下了。

小六下了车和我一起上楼，这是从7月相识至今，我第一次看到离开三蹦子的小六。我终于明白为什么他一直要跷着一条二郎腿炫酷地开车，他的左腿是瘸的。

我把店里所有的招牌烤串点了一遍，满满一桌子的肉，然后要了一箱啤酒。

“先说好了，今这顿饭我结账。”我对小六说。

“不行不行，凭啥啊，都说了我请你！”

“行，那咱就看谁最后能清醒着出门。这会儿说得再潇洒，一会儿喝得连爹妈都不知道叫啥了也是抽自个嘴巴。”

“哈哈哈。大哥，你可别逞能啊，我每天早上起来都是喝两盅才出去趴活儿的,你能看出我酒驾吗？”小六冲我扬了扬下巴，一脸的傲娇。

“我 × 你爹！”

我要了两个大碗，一碗差不多是半瓶啤酒。我俩谁也不服谁，比着大口吃肉，比着举起碗就一饮而尽。

我记着半箱下肚的时候，旁边桌两个韩国人，估计是被我们大碗喝酒的架势所震慑，倒了一杯啤酒过来敬酒，用蹩脚的汉语说：“中国人，厉害！”小六直接抄起一瓶，用牙咬开：“我们是你们爹。”低头思忖了两秒钟，“思密达！”然后“咕嘟咕嘟”就干了。我还没来得及去解释两句，那两个韩国人就结账穿衣服走了，令人很无奈。

基本上这就是当晚喝酒的前两个小时中，小六所说的唯一一句话。

我确实喝不过小六，七瓶下肚之后，酒就卡到嗓子眼儿了，再喝一口，我就有可能像喷泉一样吐小六一脸。他也多了，看刚才的豪侠之气，我真怕万一吐到他身上他会抄起酒瓶子揍我。他继续大口吃肉大碗喝酒，我抽着烟，养精蓄锐，等着……结账。

在我彻底甘拜下风的一小时后，小六继续神勇着。我拿起根烟点燃后送到他嘴里时，他突然就像狼嚎一样开始哇哇大哭。我被吓了一个激灵，赶忙拿纸巾递给他。小六挥挥手，继续狠狠地吃肉，就那么泪流满面地大口吃着肉。

“大哥，我以后送不了你了。家里媳妇跟别人跑了，我怪不了她。我没出息，出来打工三年多也没能混个人样。儿子的死对她打击也很大，我知道她恨我，恨我没能治好儿子。

“我俩从小在山里长大，真是青梅竹马的。她可是我们村里的村花，好看着呢！跟了我真是委屈，你说我有啥值得她跟的？听说她现在跟的那个人是我们那片最有钱的人家，好事啊！

“我娘年纪大了，一下给气病了，我得回去陪她，让她好起来。我再没出息，我也得让我娘好起来，你说是不是？”

“是。”我干了一碗。

小六笑了："大哥原来你还能喝啊，能不能实在点？"小六的眼泪一直在淌，这是我第一次在眼前看着一个人，边哭边笑，还一边大口地吃肉。

后来小六再也没提这些事，他开始跟我唠嗑扯淡。他讲了很多他们三蹦子兄弟的故事，讲他们为了能给家里多汇钱，三个人挤在十平方米的地下室里；讲他们离家多年，半年集体攒钱装回大款，去燕郊找小姐的经历；讲他们为了生活，做的那些偶尔有失道德的疯狂事；讲他们每晚睡觉前都会一起唱首家乡的歌。

我听得津津有味，沉浸在他的话语里，比起平常朋友和同事讲的那些前天谁赚大钱升职了，昨天谁终于历经艰辛实现梦想，今天谁多么励志多么辉煌，更有趣。有趣的不是小六的讲述方式，而是他讲的每一句话，都太过真实，真实得更像生活，真实的，这才是人生。

生活真的有那么多光鲜和靓丽吗？生活真的可以一如海面升起的太阳让人向往和着迷吗？生活真的是有那么多苦尽甘来的实现和获得吗？

与其说人生是为了实现和获得，不如坦诚地说，人生不过是不断地失去和承受。

“生活就是这样，不如诗啊。”

那晚我背着小六离开饭店，我走得战战兢兢，努力平稳脚步，真怕一个震荡他就吐我一头的啤酒加肉。小六好样的，一直没吐，就是一边撕着我的耳朵一边喊“驾”。我突然想到，他不过和我一个年纪，大学刚毕业的年龄，还是一个大男孩儿啊。

背他回去的路上，小六一直在笑，笑得酣畅淋漓。我问他：“你到底在笑个蛋？“想让我哭？去你的吧！”然后又是一阵大笑。

那笑声震耳欲聋，在夜晚的空气中肆意飘荡，简直和战场上斩杀百敌的英雄一样荡气回肠。

对，小六是个英雄，生活里的真英雄。

愿他永远把酒当歌，以笑代哭，愿他永远这般倔强藐视人生一切的不如意。

小六走后，我在公司附近租了房子，再也不坐三蹦子了，以此纪念小六。

爷爷的妈妈，我的太奶奶，今年九十九岁。前年我回老家看望她时，她老远就兴奋地喊我："是豪豪吗？豪豪回来看我了！"我跑过去像对待一个小女孩儿一样把她搂进怀里。一个大半身埋进土里的人，一个全身刻满皱纹像一棵枯朽老树的人，却依然耳聪目明头脑清晰，饿了的时候能用一口假牙啃半只烧鸡。太奶奶才是我的女神。

爷爷和我说，太奶奶是个了不起的人，她和在那个裹脚年代长大的人别无二致，了不起的是她一直活到了今天。她经历了那个时代每个人都要经历过的饥荒、混乱，经历了这个世上每一个人都要经历的苦难、不如意、病痛、离别，和生活与岁月带给每个人的摧枯拉朽与孤单寂寥。

她至今依然站立在这片土地上，她没有成功和荣耀，没有策马红尘的青春，没有为了人生理想的一路奋战。但她从来没有被生活打败过，她没能从岁月那里获得些什么，可岁月也从未能从她身上剥夺摧毁掉什么。

她是一个真实的，平凡的，像这个世界上被无数人所鄙夷的又和无数人一样为了活着而生活的人。

她是个了不起的人，是我心里的女神。

太奶奶没有所谓的人生哲学和长寿秘诀，活了将近百岁走过了一个世纪的人，每一句对生命的感慨都是有着经过时间验证的深刻，但她一如过去从不言感悟也不语遗恨。我从来无法从她那里获得些指点或经验之谈，我俩一块儿的时候干得最多的事就是一起吃烧鸡。

关于她的人生过往，我从爷爷那里听到过一二。太爷爷在世时是那个年代的财主，生意做得很大，家里有两辆马车，大土豪。这当然一定是要被革命的，被大伙深恶痛绝的。嫁鸡随鸡，嫁狗随狗，太奶奶只是命运的跟随者。

命运弄人，太爷爷不到四十就离世了，不到三十的太奶奶成为对丈夫阶级仇恨的转移者、批判的承载者。唾弃、咒骂、侮辱，这些基本上构成了她的后半生。她并没有悲愤和怨恨，像一块钟表一样继续生活，只是在每一年太爷爷的祭日时，她都会做上一锅肉，无论贫穷或富裕，然后一个人端起一碗肉坐在家里门前，一边流泪痛哭，一边大口吃肉。

流着眼泪也要吃下肉——这就是太奶奶这一辈子的人生哲学吧。

有时就觉得吧，哪有那么多的辉煌和荣耀，快乐对于人来说总是短暂的，悲痛才是永久的，才是让人铭记的。永远在受挫，在告别，在彷徨，在孤单。你说人活着是为了实现和获得吗？不是，人在世上每活一天都是在失去和承受。你说人是靠理想和憧憬活着吗？不是，人是靠坚强活着。

明明懂得很多大道理，可当自己深陷其中时，迷茫脆弱得像个孩童。生活周遭的一切就是如此，发生在别人身上时，你总会感到太过残酷和无情。可当它落到你头上时，无论如何，你也会走下去。

伟大的人或许都有着相同的伟大，可平凡的人，一定都有着不同的伟大。

生活啊，不过如此，流着眼泪也要吃下肉。

铁血友情

/羊乃书

在最深的黑暗里，我跟糖豆涉过急流，越过险峰，
在路线庞杂的迷宫里辨识着出口的方向。
流言蜚语没能淹没我们，挑拨离间没能割裂我们，
以一敌百没能斗倒我们。
可怕的是，
我们默契得连小吵小闹都没有过，
搞得那些自以为会把我们毁灭的人，
都觉得难为情，完全没有存在感。

糖豆神情凝重地把我拉进教室后面的工具屋，一种不妙的预感从脊梁骨腾地蹿起。

她缓慢而深长地吸了一口气，那口气仿佛从脚指尖，一点点地回抽，经过脚掌、双腿、腹腔、胸腔、脖颈，聚成一股湍急的气流，从鼻腔里泻出。

“以后，每天我们俩一起上下学。”

“那？”

“她们，不跟我们一起了。”

“发生什么了？”

糖豆的双眼比喉咙先哽咽。

“她跟他在一起了。”

“什么？”

她们，是两个在高中前两年，跟我和糖豆关系铁得毋庸置疑的死党，每天形影不离。

他，是我的前男友，她的现男友。

他跟糖豆也熟识，在篮球场瞥见她，那时，我们四人吃完晚饭，正在操场上遛弯儿，当晚便找糖豆要了她的电话。糖豆完全没多心，她觉得，她决计不会是他喜欢的类型，于是，放心大胆地将那串数字发了过去。

没想到，这两个不同星球的人，现在阴差阳错要上同一条船。

女人之间的友谊，始于讨厌同一个人，止于喜欢同一个男人。

糖豆知道，同一时间从我身边夺走两样挚爱，实在太残忍，这其中，兴许也有她的无心之过。

逗趣的是，他当初跟我在一起，也是糖豆一手撮合。聪明如她，早看穿我们的眉来眼去，却谁都没捞得那份坦然，讲破隔在两人之间，薄薄的一句话。

她擅长短跑，于是自掘坟墓，说要跟他比跑步。教学楼是中空的环形建筑，谁先跑完一圈，谁就赢，输的人必须完成对方提出的任何要求。

他同意了。

全班都从教室里跑出来看热闹，因为心情太过急切，甚至有人手中还紧握着正在做的习题册。糖豆摩拳擦掌，笑里写着“必胜”二字。

哨声一落，风驰电掣。她如一枚勇猛的炮弹，从弹筒里发射出去。每日梳得齐齐整整的刘海儿，在拼尽全力的奔跑中，被风瞬间掀翻，马尾左一晃右一摇，兜出狂野的弧度。眼看终点将近，糖豆势在必得，人群的欢呼从天井里涌出去。突然，糖豆不见了，一声凄厉的尖叫同时传来。

她在男厕所门口一脚踩滑，摔了个仰面朝天。

欢呼在短暂的真空状态后散落成哄笑，打赌终结为一出闹剧，但仍旧换来了他的表白。

按糖豆的理论，像我这种人，根本不适应地球的生存模式。

口无遮拦，不懂得低调掩饰，所有情绪都赤条条挂在脸上，且无条件相信任何人，属于被人骗，还帮着人家找借口的没心眼儿。

我总以为，既然彼此称之为朋友，甚或闺密、死党，定会共同保守些一针见血，甚至言辞稍显过激的吐槽。可怖的是，有些人在大大咧咧、没心没肺的表象之外，内心却藏着一本明白账，日后想要决裂，都是要一笔一笔，慢慢算的。

她有句话总结得很对，在《甄嬛传》里，我绝对活不过第五集。

就在工具屋事件以后，我开始隐隐感觉到某种不对劲，那种别扭源自原本跟我关系尚可的同学，像是知晓了什么秘密一般，对我开始产生的戒备。

疏离像是病菌一般，迅速传开。

曾在《动物世界》里看到过冬的羚羊渡河，平日里显得温顺灵巧的生物，铆足了劲，奋力泅渡。河水冰冷，它们必须尽可能快地攀上对岸。在这场生存游戏里，如果不踩着同伴的尸体上岸，就会成为别人的垫脚石。时间不多，生之本能让它们不计一切，抛却情感与理智。

我能看得出，架在糖豆肩头的选择。

她站在水深火热之中，透彻地观察着事态进展，一边是声势日渐浩大的群体，一边则是我孤身一人，临崖独立。

我知道，她有难处，并且跟我不同，在对峙之时，不会选择奋不顾身，玉石俱焚。

糖豆和那两个女生耍嘴皮子的功夫远远高过我，损起人来，不费吹灰之力。嬉笑怒骂，快言快语，用重庆的方言讲，都是“直肠子”。

我以为能跟她们一样，说想说的话，无须任何粉饰，甚至因为分享私密的见解而觉得给友谊加了固、上了锁，似乎分享的秘密越多，关系就越牢靠，谁不是绑在一根绳上的蚂蚱。

直到覆水难收，我才知道，我们不一样。

她们是无所求的，平凡无虞地过，万事大吉，那些碎言碎语不过是些茶余饭后的闲食，无伤大雅。可我不是，骨子里的好强消停不了，蠢蠢欲动，面前永远有更高的山峰。追逐便意味着竞争，意味着如何在僧多粥少的局面之下，抢得那杯羹。面对利益，不择手段的人，便会将每一个从我嘴里吐出的犀利观点，在口口相传之中，夸大变形，甚至添油加醋，无中生有，最后变作把柄，将我置于死地。

敌人毁灭不了，陌生人伤害不了，而朋友一旦反目，则刀刀直戳要害。

那本应是年少时，最赤诚的信任，一旦被成人游戏规则介入，先变质的心，就会蚕食掉固执地笃信人皆善类的生物。

除了糖豆之外，一切都变得不咸不淡、不冷不热。

年少时的孤立不掺杂一点儿水分和情面，不会有人想到，给别人留余地就等于给自己留余地，放别人一条生路也是给自己一条退路这种高深的道理。我不喜欢你，就要大张旗鼓地发动最广大的人民群众来讨厌你，代表月亮惩罚你，代表宇宙消灭你。

而我根本无暇顾及，那可是人人自危的高三，恨不能变成一架永动机，成天不知休止地连轴运转，转进别人的期望，自己的梦想，还有各种想要在这场战役里得以彰显的情绪。

破损的关系，如果没等到合适的时机，任何填补都是徒劳。

我把所有的赌注都放在了高考上，至少在这件事上，若是能完美收梢，也不失为一次潇洒的谢幕。

苦行僧一般的生活，凌晨两点睡，早晨七点起，若是困了只容许自己在课桌上打十分钟的盹儿，上厕所也掐着表，嘴里叨叨咕咕地默念着刚刚复习的古诗词。除了中午去食堂用五分钟吃完一餐饭，早餐和晚餐都是提前买好的面包和牛奶，这样，就不必因为吃饭而耽搁复习和做题的时间。周末，住读的学生都回家了，我竟也不知从哪儿生出的天大胆量，敢一个人住在一整栋空无一人的宿舍楼里学习，没有一丝恐惧。

风扇摇摇地转，新买的习题集不断累加着书堆的高度，废弃的笔芯攥成一把，有三个手腕粗。

没人跟我说话，我就不说话，我也不需要说话，我有清晰可见且单一的目标——考最好的大学。

生活简单而充实，朝着目标跑起来的时候，会跑得很快，只能听到呜呜掠过的风声，杂沓人声被自动过滤屏蔽了，快乐而满足。

然而，在连续三次诊断考试，成绩都一路高飞的情况下，我却砸在了一锤定胜负的四十八小时里。砸得粉碎，砸得稀巴烂，就像那年夏天，举国震惊的强震，灰飞烟灭，一切夷平，化为乌有。

半年前拒绝保送清华的事，人尽皆知，而现在，能被什么大学录取还是未知数。

高考前一个半月，我患上一种奇怪的病，莫名其妙头晕，闭着眼、睁开眼，墙都在转。心跳格外用力，像是有个粗暴的神经病在捶打着左胸腔，喊着："放我出去，放我出去。"这让我无法集中精力记住历史书上的年份、人名和事件，更无法直视地理考卷里所有公转自转的题目。

爸妈带我去了最好的医院，做完各种检查，也找不出一项表现异常的身体指标。医生得不出病因，被我逼问得没办法，只能随便找个理由，说是脑供血不足，开了一堆安神益气的药，算是种心理安慰。

一日三餐，我都得多花三十秒，吃下一把药片，再喝一管口服液，但无济于事。症状并没有得到减轻，反而雪上加霜，坐在椅子上看书不到半个小时，腰以下的部分便会滞重胀痛，酸得动弹不了。

恼人的身体状况就这样一点点瓦解割裂着我，我感到自己在游戏中的角色血条不停地减少，试尽所有招数都回不了血，直到最后一门考试，交卷铃尖锐地撕裂空气，血条的数值停在零上。

Game Over。

我收起笔和准考证，站起身，知道绝对完了，一切都结束了，没人信以为真。他们把我的抱怨看作具有中国特色的好学生用来自谦的常规伎俩，“我什么也没复习”“我选择题做得一团糟”“我这次真的考得不理想”，谁信谁犯二。

班主任通知大家回学校领成绩单。

考得好的，装作不经意地将那页纸随性地拿在手上，巴不得被所有人看见，换来一句恭维的祝贺；考得一般的，往往自己看一看，就对折起来放进书包，思索起沉重的人生；考得不好的，大力在空中狂热地挥舞着，这是他们终于得以摆脱学生生涯的宣言书。

那些本以冷脸相向的人，在听闻我意外落榜的消息之后，纷纷带着假模假样的慰问和关心，围拢我。我能想象得出他们的惊喜，想象得出他们纵情快意地言说着我的悲剧。

人群之中，我脸色青灰。尴尬、惭愧、无地自容，说不清道不明的复杂情绪像是辣椒油进了眼，辣得我抬不起头睁不开眼。

糖豆不知从哪儿突然钻出来，不顾那些话音未落的问题，一把拉起我往外冲，像是武侠片里半路杀出的侠义女子。

我们相约去散心。

飞往台湾的航班，装满了我痛苦的绝望，这种绝望来得之深、之强，轰灭的、掩埋的，是在面对背弃，如临深渊，孤傲决绝，咬着牙掐着肉，自己跟自己较着死劲儿，换来的一败涂地。

生活如常，依旧美好，我并非一无所有，但不管如何尽力拼凑欢喜，也凑不出快乐的模样。她知道，比起考试的失利，真正戳中我心脏的，是人心的暗淡。

第五天，强台风过境，大巴在苏花公路上刚走了半个小时，就被落石、断树与塌方拦腰挡住了去路。导游紧急联系着解决方案，大家开始坐不住，接二连三地下车透气。空气抢着咸腥的海风，瞬间清醒了我的昏昏欲睡。浪急潮涌，低沉的咆哮自海底泛上来，来势汹汹。导游放下电话，突然瞄见脱离大部队的我，大叫："别往前走！危险！"说时迟，一个巨浪越过栏杆，劈头盖脸打过来，我下意识一把抓住马路栏杆，往后踉跄了两步，海水进了眼，灌满口鼻。鼻腔的酸胀，卷着海水的苦涩，我歇斯底里地哭了出来。

糖豆冲过来，扯住我的衣角。

"你他妈傻呀，见人就把一颗心掏出来呈上！你他妈不知道到最后这颗心遍体鳞伤，你就没办法爱真正值得你爱的人了吗！"

高考失利在学习上带来的信心受挫在进入大学之后，很快得到纾解，我可以不那么拼命，就考到系里的第一。过去的伤疤，用新的胜利来祭奠，痊愈得尤其迅速。

但在待人处事方面，糖豆发现我迷途不知返，坠得如此惨痛，却依旧几十年如一日，本性不改，心直口快，还一直跌进一个又一个坑里，每次都伤痕累累，从未计较过粉身碎骨。

有段时间，微博上盛传一条鸡汤段子，第一个人从你这儿得到的是一满杯水，但因为伤害而学会了自保，于是第二个人只能得到百分之七十，第三个人就只有百分之五十。可是在我的世界里，不管是朋友还是爱人，都完全行不通。谁来，只要我认定了，得到的都是百分之百。

糖豆一直怀疑我身体里的那些真善美应当早就被透支了，却没想到，它们蓬勃而旺盛，生生不息，复原的速度赛过田野里生长的麦茬。始终热忱，满怀希望，对看中的人和事，都同样炽烈，爱就是爱，厌就是厌，绝不半推半就，含糊其辞，而一旦被欺骗，便绝不回头。

生活剧烈地干预着，不乏暴烈、粗野的手段，想要施加破坏，在无声无息之间，绞碎某些东西。

但那些污浊下三烂，从来没在我这里留下一丁点儿痕迹。

对于一段时期的客观审视，有时必须建立在告别之上。于是，我们在大学以后才再次谈起了高中的那次变故。

当我问及她如何应对心头抉择时，她说，没有抉择，只有原则。原则便是，对于那些不喜欢我的人，仍旧可以是朋友，毕竟只要不涉及三观底线，完全可以求同存异，和平共处。但心底里，却早就设立好了禁区。

因为她知道，这些人，即使现在似乎对她无害，但日后在关系到利益纷争的事情上，一旦双方站在利益的两个角落，他们都具备做出落井下石之事的可能性，因此这些人，绝不能深交。

“难道就没有人非要让你跟我划清界限吗？”

“有啊，试探过几次口风，就消停了。”

“我知道你会死心塌地对我的。”

“我呸，别拉我后腿了。”

也许是太多次的劝说无效，糖豆逐渐习惯并接受我那种不收敛、不按捺、不奉承也从不惧怕得罪谁的做法。我的软肋，她心里一清二楚，知道那些地方即使受过千次伤，也不会生出茧来，抵御再一次的侵袭，这让她始终担心，我对人不长心眼儿，会轻易暴露自己，若是遇人不淑，便后果惨痛。因此，她常有事无事地戳一戳我的软肋，以提醒我，小心防备。

比如，她知道我自尊心强，受不得别人看低，就在我面前，大批量供应批判鄙夷，冷水一盆接一盆，泼得洒脱又利落。

在她嘴里获得称赞的难度，约略等于打麻将连胡十次清一色小七对。

她越是这样，我就越是拼了命想要获得她的认可。

有段时间，我瞒着她做一个项目。中间接连不断的困难超乎想象，感觉是快死了一次好不容易才又硬撑着活过来。事成那天，我得意地拿着成果，站在她面前。

想来这样，如果她狗嘴里还吐不出象牙，也是彻底服了。

糖豆听我把牛吹到天上去，一脸不屑："干吗之前不告诉我？"

"一开始我也觉得不靠谱儿，这不战胜九九八十一难，来跟你老人家汇报成果嘛。"

"傻 ×，比起你飞得高不高，我更在意你飞得累不累。"

好多年就那么忽然过去，短到感觉只是邻座的老太太打了个嗝儿。

这么些年，像是一本陈年剪报，厚厚实实，根本不想翻，但里面的每一页，都能倒背如流。

在最深的黑暗里，我跟糖豆涉过急流，越过险峰，在路线庞杂的迷宫里辨识着出口的方向。

流言蜚语没能淹没我们，挑拨离间没能割裂我们，以一敌百没能斗倒我们。可怕的是，我们默契得连小吵小闹都没有过，搞得那些自以为会把我们毁灭的人，都觉得难为情，完全没有存在感。

时间把我们在对方面前剥得一丝不挂，彼此的底牌都看得一清二楚。

就在高三回校领成绩单那次，她一把将我从人群中拽出去后，我俩沿着应急通道的旋转楼梯，爬到了教学楼的天台，蓬松的云朵软绵绵的，罩在头顶上。

“听说过‘一七二定律’吗？”

“什么？”

“这个世界上，有百分之十的人，不管你做什么，成功也好失败也好，他们都讨厌你；百分之七十的人，根据你的行动和状态来改变他们的看法，一会儿路人转粉，一会儿粉转黑；不过，有百分之二十的人，不管你怎么样，他们都不会离开你、放弃你，是你人生中不散场的啦啦队，皮筏艇上的救生衣，皮包内侧的防狼喷雾，汽车前座的安全气囊。”

“我知道，你就是我人生里的百分之二十。”我佯装天真，歪过头靠在她细窄的肩头上。像大多数的蜀地姑娘，她的身板娇小柔弱，是男生一眼看上去就燃起保护欲的那种。

“去去去，哪来的自信？这么多年你还没看出来我是那百分之十啊。”

每一段考验都像火焰，噼里啪啦烧掉那些无稽之谈，留下真金一般坚实的后盾。

两年前，我们认识的第九年，相约写下些东西留作纪念。在一顿胡搅蛮缠之后，我如愿收到了糖豆的一篇长文，一看标题我就觉得，姐们儿又要放大招了。

全文如下：

你以为你知道，知道你妹啊！

我说过，除了墓志铭，我不会给你写其他任何矫情的文章。

你只知道昨天晚上十一点半，我说电脑没电了于是要洗洗睡了，但是你不知道，我早就决定要睡在床上用这个连智能机都不是的烂夏普，一个键一个键地按完以下每个字。

你只知道初一报到那天，睡在你对面床上的女神经是个很奇特的人，但是你不知道，在同一天，你对面床上的女神经觉得你是个必成大事的人。

你只知道我好挑食，不吃这不吃那，但是你不知道，在你潜移默化的影响下，我能接受的东西已经比小学多了起码百分之五十。

你只知道在初三以前，不止一次听你说起，你妈老是拿我跟你比较，说为什么同样是没命玩儿，我就可以把成绩玩儿好，而你就偏偏比我差一点儿。但是你知道，其实我一点儿也不喜欢她这么说，因为我好怕你讨厌我，不跟我玩儿了，我宁愿不当那个传说的“政史地小天后”（至于后来你的逆袭，此处撇去不谈）。

你只知道初三毕业以后，我给你写了好大几页同学录，但是你不知道，我那个晚自习是如何把它哭着写完，最后晾了晾才给你，因为怕你看出纸上水汪汪的，嘲笑我。

你只知道我们初三毕业旅行去过上海的南京路，但是你不知道，去年夏天我住在南京路，依然清晰记得当年我们走过的轨迹、逛过的店，甚至试过衣服的牌子。

你只知道在高中分班以前，我们四处央求老师把我们分在同一个班，但是你不知道，最后确定下来的时候，我真的比拿到那两千五百块钱奖学金还高兴。

你只知道那年圣诞节我送了你一个让你激动了好半天的姜糖饼干房子，但是你不知道，那并不是圣诞礼物，而是我因为对你感到愧疚而做的一点点补偿，或者说自我安慰。

你只知道我们因为那件事，在工具屋里锁起门来哭了好久好久，但是你不知道，在之前的政治课上，我就已经因为她们俩写给我的一封长信而哭得上气不接下气，只不过前一次是为了我们四个，后一次仅仅是为了你。

你只知道在我们高考失利之后，都很不开心。但是你不知道，我的不开心中，有很大一部分是因为你，并不是在意你是不是去清华北大，而是看到你因为没有去那里而不开心，我也就很介意这件事了，这个逻辑你懂的。

你只知道我们高三毕业旅行在台湾嗨得有多爽，但是你不知道，那一次，我有多么刻意地记下和你在一起的感觉，因为我知道之后的时间，甚至一辈子，我们都不会再有一个六年，可以天天厮混在一起了。

你只知道我一路陪着你经历了除了小学之外所有的坎坷，但是你不知道，我看到这一切，他妈的多憋屈！真想甩你一耳光，说，你个宇宙无敌大傻×！

你只知道我是你的智慧锦囊，但是你不知道，我有好多东西都是从你经历的事情里学到的。

你只知道我几乎没有表扬过你，但是你不知道，我总是在别人面前表扬你。

你只知道我一直都和你在一起，但是你不知道，这些年来，有多少人想拆散我们两个，你说我是不是很坚挺。

你只知道我说你的女儿叫“奶子”，你说我的女儿叫“月子”。但是你不知道，我已经计划好，我的儿子要叫“瓶子”，而你的儿子要叫“被子”。因为这样，当奶子哭的时候，有瓶子接着；当月子难受的时候，有被子罩着，就像我和你。

你只知道这封信除去空格只有一千多字，但是你不知道，这已经是第四次输入了。

昨晚用手机写过三次，因为手贱，前两次分别在五百多字和八百多字的时候，碰到了退出键。第三次，一鼓作气写了一千四百四十四个字，在两点十分的时候发送失败，又什么都没了。于是在这七个多小时之后，选择用电脑复述按得我指甲生疼的所有文字，除了这一段。

你只知道我们会彼此陪伴，一直走下去，但是你不知道，前面的路究竟还有多长。

终于，这个问题我也不知道了。

我只知道，2002年的初冬，在红育坡顶上旧旧的女生宿舍，熄灯以后的116寝室6号床，我趴在那儿，很认真地，对着黑暗中的你说：“嗯，放心好啦，我会管你一辈子。”

分不开的时光

刘墨闻／

他开始记得上厕所关门，
克制着自己的脾气，
经常刷牙，
每一天都打理换洗新的自己。
失去爱的日子里，
我们都会迅速成长，
每天都反省自己，
却无时无刻不想逃离。

虽然偌大的加油站只有一盏路灯，我们的车还是很不凑巧地撞上了它。我安静地陪着大熊坐在路边等拖车来，大熊开车四年多了，本不该犯这么低级的错误，但这是他和花姐分居的第一个月，我知道他的状态实在太差了。

大熊是我第一份工作的同事，那时我们一起租房，他住我宿舍隔壁。熊仔一米九的身高，二百斤的体重，故获称号大熊。他最大的爱好就是健身，经常在网上发一些自己锻炼以后肌肉膨胀的骚照，希望以此得到更多的关注。美女萝莉没吸引多少，傲娇小受倒是成群膜拜，其四肢的发达程度让人严重怀疑他的智商。

有一次，一个陌生的大老爷们儿加我QQ，要和我基情视频，还要给我舔脚。我灵机一动直接把大熊的QQ给了他，告诉他这个人也好这口，身体健康行动体贴，可以和他搞安全基，舔放心脚。添加成功后直接点视频，他就心领神会。

小受回了我一串鸡啄米一般的点头“嗯”。

五分钟后，隔壁传来一声熊吼般的“哎呀，我×”。振聋发聩，绕梁三日。

后来，大熊借着工作的机会认识了花姐。花姐是我们客户公司的对接人，一米六的个头儿，微胖，因为做事洒脱，气场够足，说话快准狠，故人送外号花姐。从一开始合作到最后提案，大熊看花姐的眼神就没对过。工作结束后，双方联系不断，在大熊迅猛的攻势下，花姐败下阵来，当着自己的闺密说：“这人虽然反应慢，但是还挺老实的，爱好也挺正当，健身锻炼总好过抽烟喝酒。”

一转眼两年过去了，经过了热恋期和熟悉期，为了能让关系更进一步，经双方协商，大熊和花姐开始了苟且的同居生活。

两个人摆好姿势相拥着藏在一个壳里，准备抵御现实的攻击，然而坚固的城堡往往都是从内部被攻陷的。同居一开始的新鲜和甜蜜过早地离开了他们，随之而来的，是两个人的习惯、怪癖以及生活方式上的种种差异所带来的问题。大熊爱吃葱蒜，而花姐闻到蒜味就会咳嗽；大熊上厕所总是忘记关门，花姐总要吼上几嗓子大熊才能长点记性；花姐喜欢熬夜，晚上经常煲电视剧到深夜一两点，而大熊作息时间规律，还有些神经衰弱，身边的人不安静，他怎么也睡不着。

生活中小打小闹是常有的事，只不过感情是起伏不定的，也是脆弱的。大多数一开始非常好的爱情都是在两个人真正一起生活以后，渐渐透支掉的，层出不穷的琐碎之事将两个人搞得越来越疲惫。为了改变目前的状况，两人坐在饭桌前苦思冥想了一个晚上，决定做一些事情来转移人民内部矛盾。

由于长期的“腐败”生活，再加上本来就不瘦的他们早已经从微胖界跨越到了臃肿行列，两个人的默契再一次完美契合，第一时间就想到了“健身”这件事。当晚，花姐就把签名改成了：“减肥是会呼吸的痛，它活在我所有的脂肪中。”

熊花组合刚开始锻炼时，大熊坚持每天早上都晨跑，没事还要拉着花姐一起。花姐一开始百般不情愿，耐不住大熊软磨硬泡，久而久之也就习惯了每天早上早起半小时，陪着大熊绕着小区小跑一会儿。我总能想象一根大油条和一个小笼包并排晨练的样子，好像赶着去上班的城市标配早餐。

就这样，早晚跑步、周末游泳健身成了两个人的习惯。他们终于一致对外把矛头指向身上的肥肉，大家都以为事情就这么过去了。

后来，花姐的上司离职，公司要在包括花姐在内的三个人当中，选一个来顶替这个职位。以花姐的性格，她当然不会错过这个机会，于是玩儿了命地在公司加班，赶业绩，早出晚归。大熊晨跑回来时，花姐已经出了门；晚上大熊刚躺下，花姐才下班。花姐到家就一头扎在床上，两个人一点儿交流都没有。

有那么几天，花姐快熬不住了，大熊在接花姐下班的路上对她说："这样下去不是办法，你这不是工作，这是玩儿命。"花姐疲惫得一句话也不想说，只能任由大熊在耳边不停地絮叨。

很长一段时间，两个人都处于冷战的状态，直到一件事情将冷战推向了顶峰。

眼看要到公司的季度总结大会了，花姐明白这意味着她的时间不多了。而面对其他两个竞争对手，花姐虽然没有十足的把握，但也信心满满。哪知道越到关键的时候越是出错，花姐部门的实习生给生产部门的报表出现了疏漏，上头劈头盖脸地骂下来。当着众人的面，花姐替小实习生顶了一个大雷。晚上，花姐只能继续加班，将损失降到最低。

大熊忽然打来电话催问花姐几点下班，花姐冷冷地说不知道，可能不回去了。

大熊在电话那头炸了锅："你这是上的什么班？晚上都不回家啊？"

花姐气也上来了，被上司骂也就算了，你不理解我还来说我？

两个人在电话里大吵了一通。

大熊开车杀到花姐公司，想把她从公司带走。花姐觉得大熊像一个长不大的孩子，平静了语气对他说："我不漂亮，也没有什么背景。工作能力是我唯一引以为傲的东西，这是我的机会，我不想放弃。"

两个人话赶着话，倔脾气就对上了，什么话都说。大熊不依不饶："你引以为傲的应该是你有一个健康和完好的身体，你这不是工作能力，你这是作践自己。"

花姐说："那你想我怎么样，工作不干了回去和你一起养生一起健身？"

这句话说完，花姐也后悔了。她明白话说重了，可是泼出去的水怎么也收不回去了。

大熊："我健身怎么了？你还记不记得我们健身减肥是为了什么？"

花姐："我和你不一样。我现在只是想工作，安安静静地工作，你明白吗？要回家你自己先回吧，我最近几天都住在公司。"

大熊："那不是我一个人的家，如果你不回，那我也不回了。"

大熊独自一人回家收拾行李，然后把行李放进后备厢，一个人开车到处乱逛，直到把我叫出来，我们两个人聊聊天、扯扯淡，到加油站撞撞电线杆。后来，我把大熊叫到了我家，续上我们的同租生活。

这场冷战持续了一个月之久，这一个月花姐安安静静地工作，大熊老老实实地上班。两个世界的人却过着几乎同样的日子，各自保留着和对方在一起时的习惯，一个人过着两个人的生活。

换到我的客厅以后，大熊因为有一种"客居他家"的不自在感，整理家务、买菜洗碗全都由他一手包办。他在衣柜里放一块香皂，衣服拿出来都是香香的，将保鲜膜套在扫把上可以轻易地粘起地上的头发。每当他熟练地向我展示一些生活小窍门时，总要补上一句——花姐教我的，得意之后，便是一丝难过与尴尬。

他开始记得上厕所关门，克制着自己的脾气，经常刷牙，每一天都打理换洗新的自己。失去爱的日子里，我们都会迅速成长，每天都反省自己，却无时无刻不想逃离。

大熊依旧睡不好。有一天早上，他起来和我说他昨晚梦见了花姐，她在前面走，他在后面跟着，梦里觉得风大，他想让她走后面，结果来了一阵风，把自己吹走了。我说："那风得挺大啊，你确定不是花姐放的屁？"

大熊瞪了我一眼说，醒了才发现窗户没关。以前他睡觉也老是踢被子，花姐在的时候总是一遍遍帮他盖回来。有时候，他自己半醒着，也故意踢开，等着花姐帮忙盖。暗暗地撒娇，享受着被宠爱。

为了让大熊从郁闷中走出来，兄弟们陪着他解闷。我们共同的朋友大彪是个顶级色狼，他的朋友圈里除了约过的姑娘，就是正要约的姑娘。KTV里，他找了一包厢的女孩儿，他让大熊坐在中间，趴在大熊耳边说："看上哪个告诉我，我帮你介绍。"

大熊环顾了一周，在每个女人身上挑了一堆优点，又挑了一堆缺点，拿着她们比了比，刚有了点儿邪念，又迅速放下。就好像在商场里买东西，对比来对比去，选择困难症一般无法确定。唱了一晚上苦情歌，姑娘们都走了，情场老手大彪坐在大熊面前说："兄弟，不是她们不合适，而是花姐在你的心里早就已经变成一把尺子。你拿这把尺子去量别人，怎么量都不可能合适。"

大熊明白，不是他走不出来，而是他根本不想走出来。

公司的季度大会到了，花姐以微小的差距输给了对手，曾经的同事摇身一变成了上司。可花姐反倒一点儿也不失望，她觉得这一切终于结束了，整个人像是出狱了一样，心口的石头放下了、舒服了，不那么累了，可就是感觉空荡荡的。

你有没有努力考过一次试？你拼命地复习，背下考点，孤注一掷地赌上自己的尊严，结果还是考砸了。你没有发怒撕了卷子，也没有把参考书丢进垃圾桶，而是明白了这世界许多事情并不是努力了就一定有结果，决定我们人生的也不一定是我们的能力，更多时候要看我们如何选择。

因为公司整体业绩良好，老板带着全公司的同事去郊游。一群白领在山底下豪言壮志耀武扬威，爬到半山腰一个个却都气喘吁吁了。花姐看见自己平时最尊敬的女总监大口呼吸的模样，简直就要撒手人寰。整个公司只有她一个女人闲庭信步般地一路小跑着。

到了山顶以后，花姐一个人坐在石凳上，呆呆地望着被薄雾包裹的城市，一点点加载出自己的回忆。

过了一会儿，女总监爬上来一屁股坐在花姐旁边，拍着她的大腿说：“什么都不比有个好身体强。小花你真行啊，这么年轻能有这么好的身体素质，习惯肯定很好，能在这种城市节奏下保持这种习惯，毅力真不一般。”

花姐打哈哈寒暄着说：“以前和男朋友经常一起健身跑步。”

说到这儿，她愣了一下。

女总监气喘匀了说：“你们部门的事，我知道一点儿，别灰心，我一直都看好你。我和老板也谈过你，行业在洗牌，市场要重新做，我这儿要单独开出一个部门，需要人带，职位等级薪资待遇和你上司一样，不知道你愿不愿意到我这边来。”

下山以后，花姐给我打电话约我出来吃火锅。她跟我讲完爬山这一段时，我在她脸上一点儿也看不出高兴的样子。

花姐说大熊离开的这段日子里，她突然就学会了理解这个世界：在地铁里吃早餐的大叔并不是素质低，他有可能是低血糖；公司老板总是斤斤计较要求苛刻，是因为他贷款支撑公司运作，生意押着他的身家性命；那个终日唠叨叮嘱的男人，并不是他啰唆娘炮，他只是重视你超过自己。

看着大彻大悟简直可以开情感专栏的花姐，我一点儿都不适应。

两个人各自调成了静音模式，思想是飞行模式，彼此沉默也不动筷子，静坐了十几分钟，外界的声音显得格外大。

听隔壁桌男女的谈话像是第一次见面，花姐侧目留意，好像想起了什么。吃饭时，女生说："哎哟，你怎么吃蒜啊，味道那么大。"男生听了有些不好意思，抿嘴一笑低了头。

花姐一个激灵站起来吼道："吃蒜怎么了？吃蒜又不代表不刷牙！"说完，拎起包夺门而出。我起身连连道歉，把账结了紧追出去。追上花姐的时候，发现她在拐角处蹲着，妆都哭花了。

是啊，我爱吃大蒜，身体有点儿胖，反应也有点儿慢，还有些啰唆，我知道我有那么多的不好。

可是，我爱你啊。

身材会走样，梦想会变形，若是再没了你，我以何对物是人非，我拿什么换低谷的黎明？

碍于面子，花姐不好意思主动联系大熊，于是，有事没事就给我打电话询问大熊最近的情况：瘦没瘦；秋天冷，晨跑要加衣；蛋白粉吃没了买哪家，千万别再买什么进口生肌粉。我路过客厅的时候，经常无意中看见大熊一遍一遍刷花姐的微博，仿佛要从看了无数遍的内容中硬挖出什么。

这是两个人分开的时光，却又好像没有分开，他们更加珍惜对方的信息，把彼此攥得紧紧的。越是相爱的两个人，越容易让彼此疼。两个人用一次疼痛，换回了一次喘息的间隙。他们保持着对方给的习惯，彼此想念，却又不肯放弃尊严。有时，我真分不清，这份爱情里，到底谁对谁更好，到底谁比谁更在意。

如果两个人给彼此的爱可以四六开，那这世界上会有很多人愿意拿四，甚至拿三、拿二，因为他们并不在意自己能够得到多少，而是看见你拿得那么多，他们自己就会很满足。

这样的人，你也许遇见过，也许没遇见过。

没遇见的，你渴望遇见吗？你是不是就是那种拿四三二的人？

遇见过的，你拿着六七八的时候，你珍惜了吗？

后来四三二的人仍然愿意拿四三二，只是他们畏首畏尾犹豫不定，不再轻易相信别人。拿过六七八的人，终其一生都会继续寻找四三二，都不会愿意去做四三二。所以情歌里最多的是失恋，是孤单。城市的节日里，许多人都是电台FM最忠实的听众。

世上从来没有两个人一开始就像拉锁一样互相契合，都是两枚独立的齿轮在相互适应的过程中打碎了几颗牙，才互相咬合。爱情啊，是要经过疼痛撕扯与激烈磨合才能得到最后的平淡。那种没有经历痛苦过程的爱情，或许只是相互娱乐的一种游戏吧，反正彼此都不在乎。

苦难有时确实伤害爱情，也确实会考验爱情。

那是深圳十几年以来遭遇的最大台风，许多大桥都被水淹了，花姐的车被堵在桥下面，淹在了水里。那一刻，花姐觉得自己真的是要死了，她拨通了大熊的电话，却没有求救，反而是一遍遍不停地诉说着自己的想念和牵挂。她说着说着就开始哭，车外面雷声阵阵。大熊不停地问："你在哪儿？你到底在哪儿？"

过了没多久，花姐就被救援人员救起来坐到了救援车里，而此时大熊的电话却一直打不通。就在救援车辆准备离开时，花姐看见一个高大的男人在水里艰难地前行。他下半身浸着水，全身早已湿透，他像一头饥饿的熊寻找着鱼群的方向，一边找，一边不停地喊着花姐的名字，声声嘶吼，伴着雨声阵阵，喊得花姐为之一颤。

她打开车门跳入水中，救援人员一直在后面喊，她什么也听不见，只顾着朝"野兽"的方向渡过去。大熊也望向了这里，他们两个人再一次像晨练时那样，开始奔着一个方向"跑"去。

爱情长跑啊爱情长跑，每一场爱情都是一场长跑，会有碰撞，也会有摩擦，会有一方跟不上另一方的步伐。你要调整好节奏、呼吸，面对突变的风向与天气，脚下的路时而崎岖时而湿滑。更重要的一门技巧是必须学会两个人相互扶持着跑，否则到终点就算你是第一、你最快，这一路的风景若无人相伴共同追溯，千山万水也都是扯。

大街上只有他们两个人，像是爱情里两条不会水的鱼，速度那么缓慢，却游得那么努力。或许在相爱这件事上，我们真的都是新手，要宽容对方的姿势不对，要理解我们也许曾生活在不同的水域，但无论怎样，今后的路，我们要努力地游在一起。

雷声阵阵，却好像是在为他们加油。雨水拍打着泪水，水里漂着怪东西，他们终于抱在了一起，好像再也经不起一次分离。

心中有光的人，

终会冲破一切黑暗和荆棘

/陈亚豪

这个世上总有比你优秀的人，

但从不会有和你相同的人。

“我是一个普通大学的应届本科生，在无数名校研究生和留学生中闯进多家国企、外企终面，两次被破格录取，公务员考试125分，面试成绩全区第一，有两个第一年十万年薪的offer，还有银行和上市公司管培生的offer，这半年受到过很多挫折，但还是咬着牙继续努力，如今总算都有了回报。现在不再是他们选择我而是我来选择他们。这次也不知道该说些什么能给你们力量，只是希望你们能相信自己、相信努力，十六岁时我相信这个世界只要努力一切都会有希望。二十二岁时我依然相信，很多朋友说这是幼稚的倔强，我想我已经用事实证明给了你们。”

这是上个星期我在人人网上发的一条状态，也是在结束了这半年来的苦逼求职之路的一个告别。还记得一个月前一切都还没有结果苦苦挣扎可还是看不到未来时，我在状态里倔强地说我才不传播负能量，你们等着我把所有的苦都变成甜的时候再来吐一个超级无敌霹雳闪电华丽丽正能量到爆的槽。

我终于做到了。

我不要嘴上说说的人生，不管要付出多少汗水。

我这人不喜欢倾诉，习惯把所有的苦放肚子里一个人消化，每天一出门就赶紧装得轻松又潇洒，但这半年多确实过得很苦，很多次因为这个世界的光怪陆离将自己的所有努力和汗水毁于一旦，很多次对自己失望和质疑，过去那些年所积攒的自信和自以为的才华很多次被打击得体无完肤，很多时候甚至觉得自己一无是处，很多个夜晚想一个人偷偷抱起头痛快哭一场。

可是就像在那段最灰暗的时候我对自己也对你们说过的：所有的苦，有一天都会透出甜。前提是，你要先咬着牙吃尽这份苦。

现在的我吃尽了这份苦，也终于透出了甜，我为自己也为你们验证了这句话。

这是之前一个美国好哥们翻译的："Remember the bitterness you taste will one day melt away to sweetness. But if you don't take that second and third bite, how will you ever know?"

现在回想起这一路上的艰辛和挫败，是满满的感谢。

感谢痛苦，感谢迷茫，感谢失落，感谢伤害，感谢所有的不如意，感谢那些在黑暗中逆风前行的日子，因为人在快乐中是永远无法获得成长的。

我的朋友，刚刚打开这篇日志屏幕前的每一个你。

人生最大的遗憾，就是坚持了不该坚持的，而放弃了不该放弃的。既然选择了一条并不平坦的路，那么有权利选择就应有勇气承受一切苦难，记得在每一个沮丧、疲惫和不那么尽如人意的时刻，告诉自己再坚持一下，好人都会有好结局；如果不好，说明那还不是结局。

我知道，很多时候我们的很多努力看起来都像无用功，很多时候我们都像被卡在了某个甬道中，动弹不得，很多时候我们即便如何拼搏却好像也在被现实推向相反的方向，可我希望你知道，正是那些动弹不得的日子，正是那些被现实残酷打击的无奈，正是那些你所认为的无用功，才让你走到了今天。

成功永远不是一蹴而就的，是在无数个黑夜对这个世界绝望，第二天起来昂起头对着太阳微笑，依然相信终会有回报的日子里，一步一步积攒出来的，你终会在一天爆发，只要你能忍住孤独、顶住失望继续前行。

十六岁时我相信这个世界只要努力一切都会有希望。二十二岁时，很多人说这是幼稚的倔强，可我依然坚信。

请你们也一定要相信。

很多读者和朋友最近留言问我该如何锻炼自己，希望我写篇关于求职的文。回想这半年的经历，我确实有很多感悟和体会，只是一直从心里觉得自己没有什么资格去指点别人。每个人的身上都有值得我用一生时间学习的优点，所以这还是第一次写这种文章，连着两个晚上熬到天亮终于写完了这篇文，仅算以我个人的经历和一些感受来为大家做一个参考和借鉴，只希望我的黑眼圈能多少带给你们一点帮助。

第一次写这种文，文章较长，如果浪费了大家的时间，还请多包涵。

我一直都算不上一个好的写作者，但我是最真诚的那一个。

去建立自己的风格，去拥有自己的光芒。

1

在每一次求职面试的自我介绍中，我从没提过自己在大学里的身份，校学生会副主席、舞队队长、奖学金、街舞比赛冠军、青年作者，这些我都没提过。身边的朋友总教导我，你应该提这些，它们会给你直接加分，但我一直坚持自己的意见，我从内心不认为这些帽子会给我加分，能给我加分的是我从这些经历中所收获的体验与阅历，而这些东西我相信在我说的每一句话、每一个眼神、每一个举止中都会透露出来。面试的考官听过太多金闪闪的荣誉和奖项，这个世上也存在太多比我们帽子闪亮、比我们荣誉耀眼的大神。

但是如果让一个人从心里喜欢你、认可你，绝不会是因为你的那些身份与头衔，而是你究竟是怎样的一个人。

所以每次自我介绍时别人都会花去半数时间来介绍自己在大学和研究生时所获得的荣誉，我只是用全部的时间去真诚地讲述我是一个怎样的人，我所认为的自己身上的特质与优势、我的喜好、我的价值观，在讲述这些时我所流露出的是最真挚的情绪和最自然的语言，我很自信，从来不会因为前边同学那些瞬间能吓尿人的荣誉而乱了阵脚。因为我在讲述的是我自己，是独属于我自己的经历，而不是在和任何人比较，而那些考官经常会认真地倾听，随着我的话语或笑或点头，我从他们的眼神中可以读出他们在试图去了解我、记住我。

记得在一次国企管培生的终面中，四个人一组一起去面试。那天我是最后一个发言的人，前边的三个同学都是国内知名大学留学回来的研究生，他们每个人的话语中都在强调自己学历生涯中的荣誉和传奇。轮到我时，我很诚恳地对各位考官说："我只是一个来自普通大学的本科应届生，我的学历和前面的几位学长比起来逊色太多，但我有属于我自己的特质和优点，它们来于我成长中经历过的每一件事。"讲的时候我几次觉得自己都不像是来面试的，因为我讲了很多我认为有趣的事和我感动过的事，面试的老师甚至和我聊了起来，可后来只有我被录用了。

我时常在提醒自己，你要成为的永远不是一个比谁更优秀的谁，而是你自己。

从上学开始，父母、长辈、老师所教导我们的都是要遵守纪律、努力学习，要听长辈的教导，要乖巧懂事，学习要争取名列前茅，争当班干部、评三好生，这样的方向贯穿了我们的一路成长。到了比较自由的大学，依然还是要学习好专业课，争当学生干部，无论爱与不爱，要积极入党多参与学校活动；无论想与不想，成绩、奖学金、荣誉和资格证书，以及更高、更好的学历，这些就是证明自己的最好凭证。

我们应该默默无闻地跟随着同龄人的统一步伐，在每个时间段去完成自己该做的事，凡事要低调，不要搞特殊。

很多人不服，去抗争、去叛逆，每天叫嚣哭喊着自己与别人的不同，可最后还是无可奈何地殊途同归。我们就是在这样的环境下被潜移默化地影响和熏陶着，直到再没有一丝反抗的力气，失去了所有抵抗的勇气，我们逐渐认可只有做到那些标准才是优秀，开始用这些统一的条条框框来要求自己。

不敢落下一步，不敢走错一步，我们都忘记了自己最初想要的是什么，忘记了自身的优势与特质，忘记了自己有着那与生俱来的独一无二的DNA。

可很多时候，我们自己都不知道为何要去获得这些东西，只是单纯地为了跟随大家的统一步伐，潜意识里开始用那些统一标准来比较自己和他人。

而在这样一个相同价值取向的追求中，很多人会慢慢走进一条死胡同，一条叫作比谁更优秀的谁的死胡同，路越走越窄，竞争越来越激烈，因为每个人都在朝同一个方向发展和挖掘自己。

试想一个面试官，听了一天殊途同归的自我介绍，看了一天风格相近、优点类似的应聘者，当一个有着完全不同风格、闪烁着不同光芒的人出现在眼前，他会是怎样的心情？

这就像是看了一天帅气的超人，最后来了一个傻萌的绿巨人，你会爱上谁？

盲目和趋同的追求很可怕，它会耗光你所有的精力与时间，而即便最后你收获果实，你也会在某一个时间突然感到一片迷茫，因为你从不知道这些东西对你来说究竟有何意义。

如果真的喜欢，便去经历、去追寻，因为这样你所获得的不只是那些白纸黑字的荣誉，而是在这过程中所获得的独属于自己的体验与阅历，而这些才会在日后成为你人生道路上的独特风景。可以叛逆，但不是盲目的叛逆；要与别人不同，但不是为了与别人不同而不同，是去挖掘自己的特质，建立自己的风格，找到自己身上的宝石，只有这样才能真正挣脱世俗的束缚，才能有方向地找到自己的不同。

2

当我们逐渐被这些社会价值下的身份、头衔束缚和禁锢，逐渐被这些世俗统一的追求所同化，最后就会忘记了自己是谁，忘记了自己究竟想成为谁，忘记了自己身上所有的特质与不同。

而那些我们追求的社会身份和头衔真的那么重要吗？我们忽略了其实这些都是随时可以被取代的身份，这些都是别人可以随时抢走的东西，只要出现一个比你能力强、关系比你硬的人，这些身份和荣耀就会离你而去，你随时可能会被他人取代。

一位老师曾经和我说，在工作中，最重要的不是你多有能力、多优秀，而是你不可替代。当你成为一个环境中不可替代的人时，才能保证自己的地位与价值，才能在这个环境中持久地生存下去。

而想成为一个不可替代的人，首先要做的就是成为自己，而不是成为比谁更好的谁。

这也是我在面试的自我介绍中为何从不去和他人比较那些身份和头衔的原因，你的光芒不是来自你身份和头衔的闪耀，而是来自你通过追求和努力所获得的那份独属于你自己的体验和经历，通过学习和感悟所获得的独属于你的思想，通过磨砺和成长所获得的独属于你自己的修养和气质。

你的光芒来自你究竟成为了一个怎样的人。

我的朋友，这个世上总有比你优秀的人，但从不会有和你相同的人。

我的偏执是什么，就是不要成为别人那样的人。

去建立自己的风格，把自己当成个人品牌来经营，创造自己的独特价值，为自己建立一个别人拿不走的身份，而不是社会价值下的头衔。你的风格，你的经历，你的思想，你身上的特质，这些就是独属于你自己的光芒，谁也抢不走，谁也比不掉。

当一个人效仿他人或归为同类，丢失的不仅仅是做自己的机会，失去的更会是你的特质，你的不同，你与生俱来的优势，一个人即便在同类中做到最好，在那些敢于做自己的人面前，也会黯然无光。

我们来到这个世上是为了活出自己，而不是去和任何人比较，更不应是去成为比谁更好的谁。

3

我最大的两个爱好是跳舞和写字，跳街舞有六年了，在每一个艺术行业中，无论是音乐、画画、舞蹈、写作，都很注重个人风格，很多人都在用一生的时间去寻找属于自己的风格，模仿大师，模仿偶像，向不同的前辈讨教，都是为了最终形成自己的风格。

去年有一次和一位年过五十的美国街舞大师课下聊天时，我向他请教关于个人风格的问题，他的回答因为是英语，所以翻译得可能不准确，大概意思是“很多人都在努力地去找寻风格，却不知道风格其实就藏在自己的内心，其实所谓最好的风格就是本身的个性，你只需要去多了解自己，多与自己交流，最重要的一点就是接受和发展自己本身的特质，这就是你最好的风格”。

太过执着地学习他人、去寻找所谓的风格，只会将内心深处的自我越埋越深。

其实并不需要寻找，因为你本就是最好的风格。

不知道把这个例子放在这里是否合适，其实不只是艺术，生活、事业、做人、做事，我们磨炼自己的最终目的都是为了建立自己的风格，就像我们欣赏一个人，喜欢一个人，爱上一个人，很多时候都是因为他身上的特质与众不同，这其实就是为人做事上的一种属于自己的风格。

但是我们行千里路、读万卷书，遇人无数，苦苦向他人学习，修炼自己的风格，却遗忘了我们自己本身就是最好的风格。

在公务员的面试中，我取得了全区第一的成绩。之前参加面试辅导班时，老师说面试分为三个层次，第一层是你没有经过任何训练本身所具有的水平，这个水平由于夹杂了很多个人的语言和举止风格，所以不稳定，可能会得分很高，也很可能会得分很低；第二层是你经过专业的培训后所达到的一种稳定的水平，你不会出现任何失误，只要正常发挥就会取得一个中上等的分数。但是如果想取得更高的分数，想靠面试成绩来弥补笔试分数的落后，一举翻盘，就要去努力达到第三层。

而第三层就是自我风格的突破。你要将所学到的规范知识和模板技巧与自己原先具有的个人风格自然地融合到一起。如果做到这点，你会在任何面试中都让人眼前一亮，脱颖而出。

但是很多人为了求稳都停留在了第二层，没有勇气和胆量去尝试自我风格的突破，更多的人是遗忘了自己与生俱来的特质，甚至摒弃了原先所具有的独属于自己的个人风格。

你是你自己，你独一无二，你无可替代，你流着的血，生来的基因，成长的心灵，经历过的一切，都是独属于你自己的宝藏，那是任何人都拿不走、抢不去、比不了的真正属于你自己的宝石，你要做的应该是继续打磨和挖掘它们，让它们发光发亮，而不是变得和别人越来越像。

成功的道路永远无法复制，我们需要不断地汲取别人的优点，看到自己的不足，但首先要学会认可自己，喜欢自己接受自己，无论美丑，无论是机灵鬼还是小笨蛋，你都是你，独一无二的你，这个世上每个人实现梦想的方式都不一样，每个人都有着不同的法宝，但唯一相同的一定是喜欢自己，认可自己，相信自己。

去建立自己的风格，去拥有自己的光芒，而你自己其实就是最好的风格，你身上的所有特质与不同就是最闪耀的光芒。

一个月前去原本规定只招研究生的上市公司求职时，我没有管他们的应聘条件坚持投了自己的简历，可能是出于好奇他们通知我参加了考试，经过一轮笔试、三轮面试，最后留下的几个人，除了我都是世界前一百名大学的留学研究生，只有我一个普通大学应届生，人力资源总监老师对我说你很不一样，所以破格录取。

我一直相信一个人经历过的每一件事、读的每一本书都可以化为独属于你自己的魅力和实力，你就是你，不必去羡慕仰望别人，你身上拥有的宝石绝不会比别人的暗淡，只要你愿意去发现，努力去挖掘。

不要放弃每一次做自己的机会。

下面我想通过两部分谈谈关于如何找到自己的特质、建立自己的风格的个人感受，同样仅供大家参考。

从中学开始我就一直是一个很有争议的人，初中时逃课早恋，经常为朋友豁命打群架，仗着自己的小聪明，高中进了市重点的重点班，却开始专心跳舞，和朋友成立了当时高中生第一支街舞团体。到了大学一学期不去上几次课，导致很多老师期末见到我时以为我已经退学或者出国。一边忙学生会，一边忙跳舞，在外面的世界飘来飘去，一半的时间在和社会人打交道，看自己想看的书，交自己喜欢的朋友，写自己的文字，每天沉浸在自己的生活中。

对于长辈的教导、老师的管教、世俗的成长观，我认可的便听，不认可的就把它们从耳朵里倒干净。我有自己的眼睛，有自己的思想，有自己的梦想，所以我相信自己有能力也有权利选择我自己的人生。

我不叛逆，只是在那些不应该成熟的年龄做了我认为对的事，倘若那时我就开始束缚于世俗的管教，以后怎么还会有勇气做自己？

我只是不想在年轻的时候放过每一次做自己的机会。

为什么说不要放弃每一次做自己的机会，我并不是单纯地怂恿你去叛逆追求个性，也不是想啰瑟地告诉你去执着地做自己的人生有多么痛快，而是因为当你做自己时，为自己的内心做出选择时，你所获得的体验和阅历都会在某一天成为你人生中无比珍贵的财富。

每个人都拥有自己的天赋，认为自己没有天赋的朋友，你一定要相信你只是还没找到自己的天赋。

而对于每个人的特质与天赋，总是搭配着不同的特定情况和适合发挥的场合。

这个世上从来没有面面俱到、八面玲珑的人，他们只是找到了自己的特质和天赋，然后将其恰当地发挥在了最适合的场合与行业。

“天生我材必有用”不是一句盲目自信的空话，而是先认识到你身上的特点，然后去发展和历练自己的优势，最后将打磨成熟的特质放在最适合发挥的地方。

但是这个前提就是你要先认识自己，了解自己，知道自己具有什么特质。把自己当作一笔深埋于地下的宝藏，用不同的经历退去埋藏你特质的世俗尘土，将它们全部挖掘出来。

而做自己，就是认识自己、了解自己、挖掘自己的最好、最快的道路。

当一个人去勇敢地追寻自己喜欢的事物时，他会获得很多丰富的体验，他会比别人更快、更深入地了解自己，会慢慢知道自己究竟是一个怎样的人，喜欢什么，不喜欢什么，适合什么，不适合什么，他会逐渐发现潜藏在自己身体内的宝石，然后找到自己的方向，确立自己的优势和风格。

在实践中认知自我，在实践中寻找自己的特质，你当然会比别人更先了解自己，找到自己的天赋。

这个世上也只有你自己，才能找到你的天赋并把它们发挥出来。

但是如果你一直跟随着同龄人一致的步伐，走着相似的人生轨迹，那么你就会失去独属于你自己的体验和感受。而当你一天天吸收着那些相同的知识和价值观，逐渐成长为同一种风格、具有大相径庭优势的人时，你就是在慢慢杀死你自己，杀死你所有的特质与潜在的优势。

去追寻你自己想要的东西，重要的不是你追寻的是什么，不是你是否能最终获得，而是当你在追寻它们时，你所得的那份独属于你自己的体验和经历，它们会在日后的某一天成为你赢得人生的最大筹码。

而今我最庆幸的就是曾经自己那些幼稚的倔强，如果没有它们，我可能都不知道自己是谁。

做自己绝不是幼稚的倔强，也不是单纯的叛逆，而是真正的睿智和成熟。

北大才女张泉灵在回校演讲时讲过这样一段话：

你当初考大学时没有坚持选你自己真正喜欢的专业，你大学选的也不是你真正感兴趣的课而是那些容易过的课程，你所选择的课外生活，社团，爱好有时也不是你真喜欢的，只是为了让自己更加合群。你在青春的很多选择上都没有真正考虑过你最想要什么，真正喜欢的是什么。

那么现在你凭什么抱怨过不上你想过的生活，凭什么苦闷自己没有成为想成为的人？

席慕容在晚年的《独白》中写过：

在一回首间，才忽然发现，原来我一生的种种努力，一直在为了周遭的人对我满意而已。为了博得他人的称许与微笑，我战战兢兢地将自己套入所有的模式所有的桎梏。走到途中才忽然发现，我只剩下一副模糊的面目，一副没有灵魂的肉身，和一条不能回头的路。

我的朋友，愿你不要走到人生旅途的终点前才恍然发现，愿你此刻的路还能回头。

先去勇敢地做自己，才能认识和挖掘自己，先成为自己，才能成就自己。

不要怕走错路。“你不会找到路，除非你敢于迷路。”

我经常告诉身边的朋友，不要太在意年轻时候做过的一些选择，就像我们如今回想起过去的一切，总会有种不堪回首的感觉，人在未来回头看过去的自己时永远会感到傻气又幼稚，这是一个没有尽头的循环，通俗点说，成长本身就是一个不断感到自己傻×的过程。

而青春这个东西，不管你怎么过，严谨也好疯狂也好，认真也好随意也好，其实你都会一样把它过得乱七八糟。

所以我们应该在意的是，这些选择是否都出于你自己的内心，无论是幼稚还是成熟。即便是那份乱七八糟也要独属于你自己，因为无论结果如何，起码你都会甘之如饴，心甘情愿地去承受和面对。

每个人年轻的时候都会做出很多荒唐、错误的事情，而那些看似让人后悔和自责的决定其实没有对错之分，它们就像成长的必修课，人生中的很多事从来无法靠汲取前辈的经验来理解和学习，只有当自己真的经历一遍后才会恍然大悟、醍醐灌顶。

年轻时的选择从来没有绝对的对与错，因为只有经历之后你才会知道究竟什么是对是错。

你错得越多，成长得就会越快；你伤得有多重，日后就会有多强壮。

人不能被同一块石头绊倒两次，也不能在同样的深渊里跌入两回。可你若没有被绊倒过一次，没有陷入过一次，你便不会获得独自爬起的能力。当你陷入过一次后，才会勇敢地告诉自己“再不需要搭救”。

而让人庆幸的可我们又常常忘记的是，我们还年轻。因为年轻，我们有足够的资本触底反弹；因为年轻，潮落之后，一定会有潮起。年轻的时候不吃点苦、犯些错，日后可能会犯下不可挽回的错误，留下无法弥补的悔恨。这一切的错、一切的悔都是成长道路上无比珍贵的宝石，而只有当我们经历后才可以将它们揣入囊中。

一个人，无论会遇到多少困难，对结果有多大把握，这些并不重要，只要是你自己的选择，就不存在对错与后悔，关键是你有没有挣脱束缚的勇气，有没有走出这一步的决心。年轻时的我们，最怕的就是用四十岁的心过二十岁的生活，少了本该年轻气盛的魄力，不要在开始前踌躇满志又畏首畏尾，不要在中途一腔热血却又瞻前顾后，用力地踏出第一步，更用力地走完后面的每一步，那才应该是二十岁的你，那才是你应该有过的青春。

从你不怕坠落的那一刻开始，天空就离你不远了，有时候人只有先勇敢地跳下去才能学会如何飞翔。

“你不会找到路，除非你敢于迷路。”

趁你还年轻，不要怕走错路，你拥有走错路的资本，而你所走错过的每一条路的懂得与领悟，日后都会化为你的王牌阅历。

本来没有打算写这个部分，但是觉得看到这里可能会有人想问，你那么执着地做自己，没有过不被人理解的苦闷吗？没有遇到过别人的质疑和嘲讽吗？没有朋友因为觉得你不够合群而疏远你吗？

我知道每一个想得到答案的朋友都是长久以来挣扎于自己与世俗眼光之间，困惑在是该追求自己的人生还是去与大家打成一片，掏心窝子地说，我真的能够感同深受你们每一种矛盾与无奈的痛苦。

我曾被很多人不理解，现在也被很多人不理解，我受到过很多质疑，也听到过很多如刀片般的闲言碎语，也无可奈何地经历过朋友的疏远，并且很多次被深深地伤害过。

在这两篇以前的文章里我写过自己的一些感受，《冷嘲热讽是对你的赞赏，闲言碎语是为你的精彩鼓掌》《成长的道路上不要让“朋友”牵绊了脚步》希望能给还在困惑的你带去一点释怀和力量。

过去的我常常会因为这些苦闷至极，不知所措。好在现在的自己已经基本上处于完全免疫的状态，倒不是变得麻木，只是生活就是这样，那些曾经让我们受伤的地方后来一定会变成我们最强壮的地方。

我们都一样，总是喜欢报喜不报忧，所以别人看到的总是你光鲜靓丽的一面，永远不会知道你苦闷、迷茫、失落、悲伤、孤单、无助时的样子，也永远无法完全理解你的苦衷，明白你的人生。可既然选择了一条昂起头挺起胸看起来毫不费力的道路，那就只管去努力前行。

如果你要的是彪悍的人生，那就无须去解释。

人生最痛苦的就是后悔当年不曾为了梦想而勇敢地闯荡，最遗憾的便是不曾为了未来注满热血放手一搏，最需要的就是一个人过一段沉默而执拗的日子，沉浸在自己孤独而充满力量的奋斗和努力中。

每一个做自己的人都不可能被所有人理解，但每一个勇敢做自己的人，都没法让人不欣赏。

人生是一场表达，管他有没有掌声。

心中有光的人，终会冲破一切黑暗和荆棘。

无论你现在是否找到一份心满意足的工作，无论你现在是否还在为未来迷茫和踌躇，我知道求职这一路上的每一种苦，我理解你们现在正在经历或是未来可能会遭遇的每一份挫折与无奈。

我也懂得你们心中那份苦不堪言却又不知该如何诉说，即便推心置腹地倾诉，可对方又好像怎样也无法懂得你的孤单和无助。

人在长大后，都会逐渐感到或多或少的孤独，很多时候，我们与身边再亲密的朋友也只能是肉身的同行，心灵的独旅。

这个世上的确有感同身受，也真的有很多温暖的共鸣，但你不能去渴望它，更不能依靠它。倘若你遇到那是幸运，要珍惜；若没有，就去学会自感自受。

比如我，这些年太多太多的路，都是一个人自感自受过来的。

大三时候的我还天真地以为大四的生活主调就是尽情享受大学最后的时光，去矫情，去伤感，去挥霍最后的青春。可是当大四真的来临时，当曾经以为那离我还很遥远的“生活压力”猝不及防地到来时，我被现实狠狠地抽了一个嘴巴——你大四了，该去为未来真正地奋斗了，该懂得你身上承担的责任和每一个爱你的人对你的期望了，是时候站出来为你自己的人生负责了。

大四的你一定会经历一段人生的低潮和迷茫期，无论曾经的你在校园有多么耀眼，无论过去的你有多么天生乐观，在生活和现实面前，你那些耀眼和乐观都会脆弱得不堪一击。

我并非在以一个所谓过来人的姿态警示你，只是单纯地想和你分享我这点不多的经验。这半年我目睹了太多朋友倒在了这段人生的低潮和迷茫期，很多人之前在校园里都是大牛一样的存在，可最后却失去了过去所有的自信，倒戈弃甲地对自己的未来匆匆了事。

可也有很多朋友，在过去一直被周围人看作是毫无理想、对人生没有追求的人却触底反弹，爆发了过去所有人没有注意到的潜力。

他们都有一个共同点，就是即便深陷黑暗中的逆风也要咬着牙继续前行，即便始终看不清未来也要逼着自己继续向前走。一个人的精神强大与否，只有在最苦闷和彷徨的时候才会彻底被激发出来。很多时候，真正支撑着一个人走到终点的不是他的聪颖也不是他的才华，而是他骨子里的不服和倔强。

还有他心中的那一份光，那一份无论黑暗如何侵蚀，无论残酷如何剥夺，都摧毁不掉的光，那一份简单幼稚到只是因为相信自己、相信努力、相信终有回报而存在的光。

人生会经历很多不同时段的低谷，可其实它们都没什么可怕的，也没有什么复杂的，更没有什么能让你寸步难行的。你不用去小心翼翼地思索揣度该如何走过这段低谷，你只需要撑过去，只要不畏将来地继续走下去，终会抵达你想要的彼岸。有时人生很复杂，可有时人生真的很简单。

无论你有怎样无法言说的苦衷，无论你有怎样难以承受的痛楚，这个世上没有人会因为你的疲惫而停下来等你。既然痛过、恼过、恨过、哭过之后，你还是要选择继续，那就不如赶快挺起胸，抬起头，拍拍自己的脸，起身继续奔跑。

若放纵，若消沉，若逃避，无非数年后眼睁睁地看着自己成为了自己曾经最瞧不起的那类人。

我知道当你踏入社会这趟浑水后或者你现在就已经感到这个世界其实很复杂，富二代们从一出生可能就拥有你用一生的努力都无法抵达的起跑线，无论你再优秀都会遇见一个比你更优秀的人。我也知道随着成长、随着直面现实，你会发现这个世界存在太多的不公平，你在那些黑幕和权力金钱的交易下渺小得像一粒风中沙，你可能直到最后不知缘由地被淘汰时都不曾见过竞争对手一面真容。

你若问我有什么办法吗，我只能坦诚地告诉你，没有任何办法。

我能与你分享的只是我一直像个傻子似的告诉自己：

所有的“不公平”从某种意义上其实都是失败者的搪塞与自我安慰，这个世上的大部分人一生中都会遇到很多不公平的待遇，可与其抱怨，与其悲愤，与其恨自己怀才不遇，不如告诉自己“努力还要更努力”。所有励志的宝典里无非都是坚持与不弃，这个世上真的会有奇迹，因为它是努力的另一个名字。

这世上有很多人通过背景、算计、谄媚奉承、钩心斗角获得了成功，过去的我会鄙视、会憎恶，但是后来我只会轻蔑一笑，然后继续过自己的人生，不羡慕、不嫉妒、不憎恨，当我通过努力、隐忍、宽容、坚持，获得了同样甚至更好的荣耀时，便是为他们上了最好的一课，为这个世界照进了一道明亮的光芒。

我改变不了这个世界，但我能决定自己成为一个怎样的人。

没有伞的孩子，注定要在大雨中拼命奔跑。可没有伞的孩子，一定会跑得比所有人都快。

生活就是这样，总是在猝不及防间打碎你心中最精彩的梦，可又会在你最灰暗时送给你一缕阳光，你终会在最深的绝望里遇见最美丽的惊喜。只要你能顶得住磨难，学会在失意和绝望中继续微笑前行。

一年前的我带着无知和倔强对父母说，我要靠自己闯未来。父母笑着说，那你去闯好了。一年前很多朋友以为我会靠父母悠闲地等着一份送到手的工作，我笑着说，我会向你们证明吹过的牛皮我都会还给牛的。

去考公务员时，老师告诉我很多岗位都是为某些人准备好的，如果关系不硬很难考上。去参加一些国企管培生面试时，朋友告诉我咱们学校就是个普通本科，你到那里都不好意思提自己的学校。去参加上市公司世界五百强企业的面试时，遇到很多知名大学的硕士、留学生，他们都像对待一个弟弟般指导我该去什么样的单位求职，不要再浪费精力和时间。

但我最后都是被录用的那一个，公务员考试面试成绩全区第一，两次被计划只招研究生、留学生的国企、外企破格录取。

我想用事实给你们证明，无论是不公平待遇还是黑幕操作，无论是条件制度还是规定准则，是阻挡不了努力奔跑的人。我更希望你们相信这个世界虽然没有那么美好，可也没那么糟糕，向着太阳奔跑，它自会照耀你，别管阴霾继续向前走，心中有光的人终会冲破一切黑暗和荆棘。

我曾经想，当一个人遭受很多挫折和打击，是不是就会对人生彻底失望，内心再也没有光芒。

可是后来我明白，一个人，走过条条坎坷、道道荆棘，承受原本不能承受之重，还能将心中洒满阳光，这才是真正的成长。

“我想努力做一个像小太阳一样的人，即便做不到也要努力向着阳光的方向奔跑，逆着炽烈的阳光，虽然会刺眼，但那一定是对的方向，虽然会疲倦，但影子永远会被我甩在身后。”

心中有光的人，终会冲破一切黑暗和荆棘。

走好，姑娘

这么远那么近 /

这个故事我只说一次，我也只能说一次。

如果你以后遇到我，我不会告诉你她是谁；

如果你之后问起我，我也不会说她就是我。

这个世界，人来人往，

但真正能够爱我的，

只有我——她。

1

她小时候唯一的玩伴，是一只猫。

那是一个初春的夜晚，依然有着深深的寒意，天空下着细雨，她第一次被母亲赶出家门，坐在马路边，路灯照到离脚边不远的地方。父亲在外未归，她无处可去，低头看着水洼发呆，这时她感觉有东西在蹭她的小腿，是一只猫。

这只猫实在是小，浑身黝黑，它抬头看着她，然后用猩红的舌头沙沙舔着她伸出去的手指。她轻轻抱起它，慢慢抚摸它的头。小猫歪着头眯上了眼睛。她说，你也没有家吗？跟我去奶奶家吧。

她出生在安徽省宁国市的一个乡村，那是一个山清水秀的地方，到了采茶的季节，满山满野开满了映山红、紫藤萝、桃花、李花。她出生在夏天的清晨，听奶奶说，母亲生她的时候动了胎气，几乎难产至死，惊醒了整个村子的人。后来村子里的老人都说，这孩子命硬，不得了啊。

她在出生后不久过继给了大伯，父亲的一个叔伯兄弟。

大伯小时候撞到头，平日看起来有些痴呆，生活基本靠亲戚料理，一生未娶，父亲可怜他没有后代于是擅自做主。母亲曾经愤愤地对她说，你刚落地，你那个傻爹就把你过继给了你大伯，可你还住在家里，吃我们的用我们的，一刻不得闲。

她四岁时弟弟出生了，家里有了男孩儿，母亲越发不喜欢她，指使她挑水浇地、洗衣服、刷碗。她从来不敢反驳，不然就是一顿揍，父亲如果阻拦，母亲就站在家门口哭闹。她看着母亲的样子，背过身去继续心惊胆战清扫院子。

七岁那年，某一天她在睡梦中被惊醒，屋子里站满了亲戚和邻居，奶奶搂着她开始痛哭，父亲一脸凝重地望着她，母亲怀里抱着弟弟，站在人群的最后，不停翻着白眼。

后来她才知道，那一夜她突然浑身抽搐，口吐白沫，嘴里含糊地叫嚷，没有人明白发生了什么事情，以为是神鬼上身。

去了医院检查才确诊得了癫痫，那是一种极难治愈的精神类疾病，发作起来无法控制。自那以后，她的人生像是突如其来的病症，一发不可收拾。

2

在她儿时的记忆里，父亲总是背着她走过漫长的山路到县城医院看病，她觉得医院走廊的灯那么白，路那么长，还有刺鼻的消毒水味道，她曾经不止一次问她的父亲，爸爸，还要多久？我还要回学校上课。

她喜欢上学，她喜欢闻学校里高大的灌木树丛的味道，只是她有病在身，家人特别交代不能激动，不能做剧烈的运动，她只能乖乖地上课，还好成绩一直都是拔尖。老师也格外关照她，可其他的同学却认为老师偏袒，联合起来欺负她，在她的水杯里倒脏水，上课揪她的辫子，拿刀子划开她的衣服。有时她会哭着告状，老师除了批评也别无他法，别人欺负她反而愈演愈烈。

有一次，几个男生在体育课时起哄，她气不过和他们推搡起来，一个男生把她推倒在地，她失去了意识。后来在医院里父亲告诉她，当时她浑身抽搐，口吐白沫，昏迷不醒，吓坏了所有的同学和老师。等她康复回到学校，所有同学对她避之不及，看到她就远远地怪叫，妖怪！妖怪来了！

大家快跑啊！妖怪来了！

她整个小学时光，一直都是各种的药罐和中药陪伴着她。自那次犯病之后，她开始更加频繁地前往医院，家里的积蓄所剩无几，父亲迫不得已外出打工，母亲的脸色一天天越加难看。后来，她开始吃一些奇怪的偏方，有山羊的犄角，有动物的死胎，一碗碗中药灌下去，病情总算略微得到了控制。

长时间服用中药控制了病情，但也带来了副作用，她夜里经常做噩梦，哪怕是醒着，那种恐惧感也如影随形，寒意从脚底漫起，上升到身体直达脑子里，浑身止不住的颤抖，害怕和恐慌让自己无意识地泪流满面。

她偶尔歇斯底里地大哭，母亲都会喝令制止，于是她只能咬着被子，任凭那份恐惧一次次侵蚀自己。

幼小的她讨厌自己，讨厌自己的病，讨厌自己的母亲，讨厌学校的同学。她开始沉默寡言，她觉得世界遗弃了她，那时她在想，如果母亲讨厌自己，没有人喜欢自己，为什么还要把她生下来？

在她心里，奶奶是对她最好的人，除此之外就是点点，点点是她给那只在路边的小猫起的名字。只要她被妈妈打骂，她就会躲到奶奶家，奶奶会给她做好吃的饭菜，端来清香的新茶，点点会陪她玩耍，窝在她怀里睡觉，也只有这个时候，她是快乐的。

3

曾经老师在课堂上提问，你们最害怕的事情是什么？同学们纷纷回答，蛇、老鼠、蜘蛛、鬼……

只有她站起来，略微一沉思，然后说，过年。

她最害怕的事情，是过年。小学到初中，父亲外出打工过年时才回来，她不喜欢看到父亲那张愁容满面的脸。父亲不会给她带礼物，不会讲外面世界的精彩，而是一次次告诉她，挣钱有多难，花钱多容易，世界多险恶，人心多复杂，她打心底不想听到这些。

父亲常年在外，母亲在家独身一人，村子里光棍儿很多，日久天长，闲言碎语也多了起来。有人说父亲在外面有了人，有人说母亲和村里的谁谁谁好上了，有人说她根本不是亲生的，有人说弟弟是母亲的野种。

村里的邻居你一言我一语，背后指指点点，母亲的日子过得艰难，于是把火气都发泄在了她的身上。父亲回来的那几天，流言就会达到鼎沸，在过年的那些天，两个人的吵架几乎成了每日的主题，最后都会回归到她的身上。母亲的歇斯底里，父亲的抱怨忧虑，充斥着本来应该是欢乐团聚的时光。

她开始在奶奶家掰着指头算父亲离家的日子，期待自己的假期早点结束，她甚至不知从何时开始习惯了独处，习惯抱着点点对它诉说自己的烦恼，习惯坐在书桌前不停看书和发呆。奶奶照顾她无微不至，但却无法弥补她心里那份越来越空虚的失落感。

高中三年她在县城读书，要交不少的学费，弟弟上学也要用钱，父亲一人赚钱已无法负担，母亲虽然不情愿，但也来到县城一家饭店打工，可不久母亲便和老板的一个亲戚在一起了。消息很快传遍了村子，所有人都说母亲下作，父亲得到消息暴跳如雷，争吵更加频繁地发生在难得相聚的时候，母亲理直气壮，父亲垂头丧气，她充耳不闻。

高三时，父亲的性子开始变得偏激和古怪，经常半夜给她打电话，发泄自己心中的不满和不甘，言辞激烈地说母亲和那个男人之间的事情。

那一段日子，是她难以回首的时候，每次她不得已接完父亲的电话，都会躲在学校教学楼的后面号啕大哭，然后擦干眼泪装作无恙回到宿舍，内心的苦闷像是一颗炸弹，嘀嗒作响，随时都会引爆。而这最终的结果，就是一向学习成绩优异的她，高考名落孙山。

她开始渐渐烦父亲，不愿意接他的电话，也不愿意理会母亲和弟弟，每逢放假就直接回到奶奶家，终日和点点做伴。

高考成绩不理想，家里屋顶几乎被掀翻，父亲责骂她，说他很失望，他对所有的事情都失望。母亲不愿意花钱让她去上三本，说女娃上个专科也好早点出来赚钱养家，激烈的争论和老话重提占据了整个暑假。最终，父亲坚持把她送到了大学，一所普通的三本学校。在大学时，她最开心的事情，就是父亲和母亲终于离婚了。

4

父母离婚后，她跟着父亲生活，那时真的有松了一口气的感觉，别人家都是开心平淡过日子，她的家就是摔盘子摔碗。折腾了这么些年，终于有了一个清静的了断，她由衷地感到高兴。

但是好景不长，离婚后的父亲开始酗酒，几乎每天都在酒精里沉溺。

好像母亲走后没有人和他吵架不习惯，或是自己内心的苦闷无处发泄，他开始将这份暴躁转移到了她的身上。

父亲每次喝得酩酊大醉，就要给她打电话大闹一场，抱怨这些年的不如意。他甚至不止一次埋怨她，如果不是她得了癫痫，要治病要花钱，要上大学要花钱，他就不会出去打工，母亲不会独自在家，也不会跟别人跑了，将来她嫁出去也跟别人跑了，自己白白养了一群赔钱货。

她的精神几近崩溃，曾经犯病时的感觉又一次席卷而来，她在电话里大吼，那你干吗把我生下来？你怎么不把我掐死？我死了你们就如愿了！她曾经认真考虑过死这回事，她觉得活着没意思。她整个的青春时光，都被自己的病和父母的争吵毁掉了。可是，她又想到疼爱自己的奶奶，想到了可爱的点点，她内心不舍。奶奶已经年迈无人照料，点点也已是一只老猫，她们在家里相依为命，她将来还要照顾她们，照顾大伯。她终究没有进入死胡同。

大四时她认真用功准备考研，但全家一致反对，理由一如当年母亲所言，应该早点工作赚钱养家，气氛冷到了极点，她尽力躲避和他们相处的机会，拒接他们的电话。后来父亲狠心地说，以后只给你一半的生活费剩下的一半找你妈要去。

她深知母亲不可能负担她的任何费用，这些年母亲没有给过她任何的零用钱，最近几年都不见面，血缘关系早已名存实亡。后来她被迫放弃了考研的念头，开始实习和打工，赚钱养活自己。在自己即将毕业的时候父亲突然打电话说他生病了，让她回去。

她想也没想挂断了电话，她觉得父亲是在欺骗自己，她甚至感觉现在和父母就是仇人，一辈子解不开的心结早已经把他们的距离拉远，直到后来弟弟亲自打电话告诉她，她才心急火燎地赶回家里，而那时，父亲已经病入膏肓。

父亲的病发现得很晚，平时只是持续地发烧，以为是感冒未痊愈不放在心上，等到确诊却早已过了治疗的最佳时期。医院花费巨大，家里没有任何积蓄给父亲治病，在父亲的再三坚持下，她把父亲接回了奶奶家，陪伴他度过了人生中最后的几个月。

父亲回家后不久，最疼爱她的奶奶突发中风，也瘫痪在床。那时的她，望着躺在床上的父亲和奶奶，望着家徒四壁的困境，真的感觉到绝望，眼前一片黑暗。她抱着苍老的点点默默哭泣，她不知道自己该怎么办。

5

她回家后不久，点点身上突然有了许多跳蚤，家人被叮咬得满身是包。奶奶提议给点点除虫，她颤颤巍巍给点点身上滴农药，结果不小心将一整瓶农药倒在点点头上。点点不久开始口吐白沫，两腿直蹬，她吓得给点点清洗用药，耐心照料。

她心里害怕极了，曾经的担忧是从身体到内心，而此时是从内心散发出来，那是一种直接扎进心脏的焦虑。她怕自己一觉醒来，父亲和奶奶已经离开，也害怕点点离开，她怕自己没有在最后一刻站在床边，她怕有些话再不说出口，就来不及了。

那些时日，她每天早起，去唤医生给父亲和奶奶输液，做一日三餐，清扫屋子，给奶奶翻身，给爸爸擦洗身子。所有的亲戚避而远之，邻居来送些营养品也不再登门。她曾经给母亲打电话，刚说父亲生病母亲就打断她冷冰冰地说，别找我，我没钱。

后来父亲病情急转直下，全身浮肿，医生束手无策，她开始张罗父亲的后事。她变得异常清醒，一边照顾奶奶，一边分担琐事，每天睡个把小时，后来父亲全身疼痛，她衣不解带终日在床边伺候。父亲无法进食，她就把水沾在父亲的嘴边湿润，把稀饭和牛奶用针管打进父亲的嘴里，实在太累，就靠在床头睡几分钟。

有一日，她靠在床头闭着眼睛，点点在她的脚边喘着粗气。这时父亲突然醒来，表哥凑过去询问是否有事，父亲摇摇头，过了良久他才低声地说，我知道自己不行了，最放不下的就是我姑娘，她太老实了，以后没人管，肯定要吃亏的，我不放心啊。

父亲以为她睡着了才和表哥说了这样的话，但她却一字一句地听到了。那一夜，她靠在床头默默哭了许久，不敢发出声音，不敢耸动后背，不敢有任何动作，她只能拼命咬住嘴唇，任凭眼泪顺着脸颊无声地滑落，后来她把嘴唇生生咬破，口中都是血腥味。

几天后，父亲去世了。所有的亲戚和邻居都来送别，唯独母亲没有出现。她望着现在这种热闹的景象，想着几天前家里的冷寂样，不由心里一阵冷笑。她给父亲擦拭身子，给他穿衣服，送他入棺，为他守灵，看他下葬。她不曾哭过，邻居背后的议论不能打垮她，她觉得自己现在已经倒下了。

父亲的后事处理妥当后，她独自一人回到家里，奶奶平躺在床上流泪，她走上前去，看到点点横倒在床边，她下意识地过去抚摸它，才发现它的身子已经僵硬了。这时，她才意识到，她的父亲，她的点点，都已经真正地离她而去了。

那一瞬间，巨大的悲伤终于顶破多日来疲劳产生的麻木和停顿，她张了张嘴，喉咙已经干涩到发不出任何声音，只有泪无声地涌了出来。

6

当年岁越长，就会越发现，有些人，一旦离开，就再也回不来了。

父亲去世后，她留在家里照顾奶奶，那两个月，她睡在奶奶的旁边，几乎整夜整夜流泪，就和之前那次一样，哭得无声无息。她只要稍微一合眼，父亲的音容笑貌就会浮现在脑海里，然后眼泪就会决堤。

那段时日，她也终于明白，最大的得失，就是生死，再没有比它更加让人心痛的事情。有人穷尽一生守护了自己的破碎，到头来却拼不出一个完整的画面，怎不让人唏嘘？

上天终究还是垂怜，奶奶逐渐好转，最后生活可以基本自理了。

在她开始认真思索以后道路时，村里的热心人开始给她介绍男朋友。她也认为自己的生活就是这般下去了，她觉得自己已经倒下，不会再站起，她也觉得那些往事会永远伴随她一生，让她这样苟延残喘，勉强度过便罢了。

但是，每当日子往前过一天，她也越清醒，她想去外面的世界，赚钱养活自己，赚钱照顾年迈的奶奶和痴呆的大伯，给他们雇保姆，帮他们翻新老房子，给他们装暖气和煤气炉，不让他们再那么辛苦。

她知道自己要做一个怎样的人，有人如同山里的风，有人如同云做的雨，有人是泥巴塑成的像，有人是锻炼出的金。她明白，一切都没关系，哪怕此刻无法释怀，首先要离开。

这条路究竟该怎么走，她没有想好，但她不愿意重走一遍回头路，也没有准备去真正面对曾经的苦涩和隐忍。她已不再记恨自己的父母，不再埋怨命运的不公，她唯一清楚的是，如果暂时迈不过去，就先躲开，绕个圈子。

总有一天，往事从头越，心中已释然。

又是一个初春的雨夜，她坐在书桌前，想起了多年前那个一样的夜晚，幼小的她坐在马路边上，遇到了那只叫作点点的小猫；她想起在学校第一次犯病，同学追着叫她妖怪，她的嘴角开始微微上扬，她明白，心里有一些事情，终究是放下了。

在她独自前往北京的那天，奶奶颤颤巍巍送她到公交车站，临上车时，老泪纵横的奶奶拉着她的手，不停地对她说——姑娘啊，走好，走好啊。

一个宿舍的北京

/羊乃书

第一个人哭了，第二个人哭了，第三个人哭了，
在盛大的集体死亡之中，
所有人都获得了一种难以言说的释放排解。
如若没有纷争，没有冲突，
没有针尖对麦芒的战火，
不过都是二十三四的姑娘，
嬉笑打闹，向往温暖和保护。
路走到尽头，反倒有了转向的生机。

2012年秋，我到了北京。

整个城市在干燥和PM2.5中，忍受着终日不停的风沙肆虐。9月以来，我每月都病一场，感冒发烧，上吐下泻，挨着个来一遍。直到冬天来临，气温跌到零下，病菌都被冻傻了，我才从病怏怏的状态里缓过来。

好在颐和园路5号的校园里，每个年轻人都有着一张沸腾的脸。我们在宿舍背着宿管阿姨，用电磁炉煮方便面，就着二锅头。那年，《舌尖上的中国》一下子就成了中国美食的活招牌。

腊月的北京，学子们的生活清淡贫寒，整整一天高强度的埋头苦读，让他们急需能量的补给。方便面，是飞速发展的食品工业给现代人的馈赠，筋道的面条，鲜美的汤汁，能为他们带来学术的灵感，以及对万物更丰沛的认知。

喝着喝着喝大了，就爬上床去卧着，看着眼前这个混沌的世界。

朵儿在我对面弹吉他，她的袜子破了一个洞，周而复始弹着同一首曲子，那是她唯一会弹的，《月亮代表我的心》。周舟和梓婷在聊她们的偶像，小太阳钟汉良，我很快忘了方便面是什么口味，在暖气能一夜之间让蔬果干枯脱水的房间里睡过去。睡前，我的思绪停留在对三串西门烤翅和还有一块奶酪蛋糕的幻想中。

那时研一，课表很满，食堂的伙食很一般，但我们过得并不坏。

也许对这个学校里的人来说，给自己施压是家常便饭，过上一天浑浑噩噩的日子，有种掩耳盗铃的愉悦。

但我们之间的关系，并不似此刻祥和，盘底的裂痕已经生成，只是还不确定，那岌岌可危的纹路要走向哪里。

梓婷精于世故，说话滴水不漏，热衷于打探我们每个人的日程，却又对自己的一切保持缄默。一个人把自己封得那么牢，一谈及自己就竖起一道拒人千里的屏障，却又同时怀有窥视别人生活的极大热忱，多少让人觉得很不自在。

为了在学生部门里混得个一官半职，梓婷的应酬日渐增多，夜里回来得晚，洗漱时发出嘈杂的声响。我跟周舟睡眠浅，闭着眼睛在床上听完她的一整个过程，才能再次睡去。

忍无可忍，叮咛她下次动作轻一些。她便一副自己活该千刀万剐，对不起祖宗十八辈的忏悔态度，到了下回，仍旧我行我素。

偶尔，打包些剩饭剩菜回来，她嘴上说着有福同享，心里随时挂念着大家。但一打开饭盒的盖子，看着里面早已被破坏得卖相全无的菜，听着她硬要夸口，如何在众人的筷下为我们挡下美食，不顾旁人的眼光坚持打包，千辛万苦带回来，胃里就泛起一阵一阵的酸水。

梓婷还常常带回宿舍一些所谓的礼物，我们很好奇，为什么对方送的总是正中她的心意。

几次下来就知道，她总是在对她感兴趣的男生请客的时候，若无其事地提起自己最近需要什么，知趣的男生便会立马去买了送给她，即使是热水瓶、开水壶之类的小物件，她也绝不放过占别人便宜的机会。

不知道她心里藏了多少小心思，前一天告诉我们跟本科同学吃饭，第二天却在商场里尴尬地撞见跟某研究生会主席在一起。在网上花三十块钱买下某贵妇级品牌的假货，马上在社交网站发照片写评论，大肆吐槽原价多贵，性价比多低，瞎了钱。

每个人尽可以按自己的思路去演、去秀，但集体宿舍是公共空间，梓婷既把这里当私人电话亭，又当独家电影放映厅，半年才换洗一次床上用品，迫使我每天睡觉要喷三下香水才能盖住那股奇怪的臭气。

后来愈发夸张，宿舍里摆放的各种东西，稍不注意就有被人偷用过的痕迹，有次被我抓了现行，她也只是轻描淡写，权当什么都没发生过。

天气预报里说，今年的冬天，比往年来得更早一些。走在下风的街道上，可以嗅到空气中散播的凋敝绝望，那股烧焦的味道，无力的萧瑟感，从宇宙中心五道口，在中关村兜过一个大圈子，直直席卷到海淀桥北。

新年晚会，梓婷怂恿我们一起报名表演节目，又约略觉得会被我抢走风头，便趁我出去接电话的两分钟工夫，堂而皇之地以我太忙为借口，想要将我排挤出局。

周舟在场，面对她的这般行径，细思恐极，就跟我把这事儿彻底摊开了。

我跟周舟身上有一点很像，对事物的纯粹性有着偏执的向往，容不得饭粒里的石渣子，水果表面的压痕，镜子上的水渍，还有人与人之间的不真诚。

串联起梓婷以往的种种，对她的反感，就像火箭尾部炙热的火焰一样，烧得人理智尽失。

多天真觉得自己简直就是正义的化身，要去拯救一群迷途的羔羊。

我跟周舟把其中的一个男生约出来吃饭。

他是追求梓婷的万千炮灰中，不起眼儿的一小粒，乐此不疲地鞍前马后。

我跟周舟举事实，摆道理，论据充足，一桌子菜几乎没空动筷子。男生耐着性子听完了我们罗列出来的种种，支支吾吾，扭扭捏捏。

我俩感觉很不妙。

战役全面失败的消息来得很快，一点儿没让我们煎熬等待。男生为了表示对梓婷的耿耿忠心，主动跟她通风报信，把我们席间所说的一五一十如数交代。

其实并不需要掩饰什么，句句真切，但被人倒打一耙的感觉却令我跟周舟一时间手足无措。那个男生竟也腹黑至极，当天把录音笔放在上衣口袋里，我们讲的每句话，每个字都被记录在案，板上钉钉，怎么也脱不了干系。

事情的发展不止于此，男生把消息扩散到了全班，说我跟周舟私下收买他，甚至连班主任那儿，也不忘乘胜追击打一发小报告。

他精心地把梓婷塑造成了无辜的受害者，我和周舟则是血口喷人、十恶不赦的反派角色，带着不容置疑的心理倾向，将我跟周舟推向了众矢之的。

奇葩年年有，今年尤其多。

除了硬碰硬，没有其他折中的路子可走了，一场撕逼大战，步步逼近。

大战前夜，我跟慢先生在北林附近吃日本料理。一整晚，我都没听进去他讲的大道理。

大家总开玩笑，北京一年刮两次风，一次刮半年，无孔不入，穿再多也觉得衣不蔽体。我们站在成府路上打车，被吹得蓬头垢面。天空下起了小雪，雪滴落在坚硬的水泥地面上，化作一摊温柔。

戴上皮手套，把围巾紧了紧，兜起羽绒服的帽子罩着头。

慢先生住得离学校不远，先绕路送我到学校。我们一路沉默，沉默地上车，沉默地打开沉默的窗户，沉默地叹一口气，沉默地给彼此一个战友的拥抱，沉默地告别。

凌晨4点，雪停了，我来到阳台上，空气清冽而刺骨，沾了水的拖把被冻住了，末端有漂亮的结晶。

住学生宿舍十二年了，说到十二年，自己都吓了一跳，我总共才活了二十四年。这是我住过的最糟糕的集体宿舍，没有独立卫生间，整层楼只有一个公共的盥洗室和厕所，供一百六七十号人使用。洗澡得去澡堂，隔间半封闭，每个人都被迫回到原始社会，赤身裸体相见，毫无隐私可言。到了帝都最冷的时候，若是洗完头发不吹干，一路走回宿舍，就会被冻得硬邦邦的。

很少在这个时间还没入睡，索性打开门去楼道里转转。有的屋里还亮着灯，可能是在一起看电影，以前的室友常常这么干，半夜看鬼片，几个人一起就壮了胆，看完以后，天差不多蒙蒙亮，入睡便不再恐惧。我继续往前走，听见有人在楼梯间打电话。通常在这个时间还在煲电话粥的只有两种情况，热恋的情侣和正在闹矛盾的情侣。我希望她是前者，但显然不是，她厉声指责着什么，随后声音又低沉下去。当我走到拐角的时候，遇见两个聊天的姑娘，远远止步，不想打扰她们尽兴的交谈。

绝大多数人在安睡，对少数人而言，深夜就是这样一个宣泄情绪、放纵自我的出口，试图在无际的黑暗里消除压力、纷争、疑惑，以及困扰。

大家忐忑地约好对谈。

气氛从沉寂开始，然后第一个人开口，像一锤子敲在铜锣上，紧接着第二个人开了口，然后第三个人。

几乎是各自剥光了，扯下对方的面具，同归于尽，反正没有后路可退。

我跟周舟并未觉得冤枉她半分，还反被诬陷，义正词严，掷地有声，梓婷一度哑口无言。而她的静默哑忍只是短暂的蛰伏，劲头蓄足了，打响反击，来势汹汹，紧紧咬住我跟周舟的死穴不松口。

言语上，三个人蛮横疯狂地揪打在一起，一记后手直拳，向后仰倒的一方鹞子翻身，又呼啸着扑向对方，组合拳暴风骤雨似的落在身上，双方僵持，不相上下，眼看一方摇摇欲坠，又直直撑着，绝不倒下。

那一刻，每个人的面孔都陌生又脆弱，我们每天睡在同一个屋里，却并不熟悉对方。对彼此过去的不知情，导致我们握着误解当正解，差之毫厘，谬以千里。匮乏的沟通让原本早就可以摘除的毛刺，留在我们的体内，拔出来的时候，人人都感受到切肤之痛。

事情发展到这个地步，就算起始是善意，但也终归是选错了方式，上了歧路，谁都难逃罪责。

第一个人哭了，第二个人哭了，第三个人哭了，在盛大的集体死亡之中，所有人都获得了一种难以言说的释放排解。如若没有纷争，没有冲突，没有针尖对麦芒的战火，不过都是二十三四的姑娘，嬉笑打闹，向往温暖和保护。

路走到尽头，反倒有了转向的生机。

我还记得，开学的时候，梓婷是跟妈妈和外婆一起来的。

直到那天她才坦承，小学父母离婚后，她就搬到了外婆家，跟一个年过花甲的老人准时守在电视机前，用无聊的电视剧混过一个又一个夜晚。

虽然跟父母的关系都算融洽，但这种融洽，仅仅停留在提供生活费和聊几句闲天上。

他们从不关心她的生活、学业抑或感情，不在意她有没有给自己添两件新衣，考了多少分，谈没谈恋爱。他们只会问，钱够不够。

而梓婷是那么优秀，成绩总是班里数一数二，尽力把自己打扮得光鲜亮丽，好多男生喜欢她。但这些，仿佛通通跟她父母无关似的，她多想有人来在意，外婆爱她，却不懂她。

她想，也许是她取得的成就还不够大，不够引起他们足够的注意，于是胃口越来越大，目标越放越宽，逐渐变成了一个有野心的人。

可是，她没有关系，没有门路，没有靠山，没有目标，她唯一靠得住的，只有自己。

这个八面玲珑的姑娘，被人骗、被人伤、被人欺，才收起了那些浪漫、天真和轻盈，给自己套上虚伪的外衣。

她不想让自己受伤，于是学会了如何用几句漂亮的说辞给自己留得最大的余地，学会了如何让别人死心塌地为她好，学会了怎样更快地拿到她想要的东西。她也学会了更轻巧的抽身，不留一片云彩的离开，学会了让自己占得利益的最大份额。

她早就看透了，一样东西没实实在在地握在自己手里之前，都是不可靠的，不可信的。

我跟周舟很少体验到的状态，如履薄冰，孤立无援，却是梓婷每时每刻都在遭遇的。

她是父母离异最大的牺牲品，但没有人来为离婚带给她的后遗症——不安、自卑、猜疑埋单。

因为这种不幸，她以一种与我们不同的眼光去看人世。她业已接受世界的荒唐，意识到生活并不像我们钟爱的故事那样，善有善报，恶有恶报，蛇蝎之心可能比那个救它的农夫更大行其道。她把所有人和事都先预设为坏，因此戒备、提防，直到她搜集到足够多的证据去证明它的好。

而我跟周舟不一样，尽管我们知晓这一切，并一再地遭遇这一切，却还是对其怀有理想。凡事皆从好处开始想，然后在长久的观察中给予判断。

我们之间矛盾的深化，是在她还没舍得给予善的时候，我们的善已转化为了恶。

恶意与恶意是互相冲突的，它只能激发出更大的恶意，不会抵消，要化解掉恶，必须仰赖更大的善。

或许，路子可以不同，但对于他人身上，我们不能理解的部分，应当保持适度的礼貌与敬畏，毕竟，谁都无权评判谁。

而我们要如何汇聚心中的宽悯，以自己心底最好的部分为介质，让对方的黑暗走到光的下面，我跟周舟，道行尚浅。

第二年，我在荷兰，朵儿在美国，留下周舟和梓婷在北京。

那一整年，除了过年的时候，大家在微信群里发了几条祝福之外，跟梓婷再没有别的联系。听周舟说，她谈了一个男朋友，虽然长相甚至连普通都算不上，但家里有钱，待她也很好。男方家有一家高级酒店，她只需要再等几年，就能轻而易举、名正言顺地当上酒店高管。没有后台，她只能厝火积薪，凭自己的努力，让手中的筹码多一些。

婆婆常年住在国外，似乎待她也很好，每次回国都给她捎点穿的用的，她也毫不谦虚地晒在朋友圈里，平静地接受着大家的点赞。

她渴望完整，渴望被包围，渴望占有，渴望成功，要用力收获大量的爱，才能填补亲情一枪穿过，子弹留下的孔洞。

成长过程里，不同的体验烙下的情感印记，指引着我们终究走向迥异的道路。

从荷兰回国以前，朋友们危言耸听，会备好全套防毒服来机场接我，北京浓稠的雾霾一定会让我再享受一次学校的医保。

我做好最坏的心理准备降落在帝都，一口黄沙一口土，却安然无恙，一切都平顺地过渡了。

尽管有一个多月的时间，不习惯拥挤的交通，不习惯饭馆里太辣的菜，不习惯面包里各种添加剂的味道，但慢慢就好了。

原来适应能力是自我防卫，让我们变得宽厚，温和，息事宁人。

听起来似乎丢失了很多年轻的棱角，一点儿也不酷，但怎样才酷，一言难尽。

我又去了好多之前去过的地方，南锣鼓巷，什刹海，三里屯，望京，起初的那种大剂量的陌生和冲击感没有了，我像走在自己的王国里一般，万千子民臣服脚下，步子迈得那样从容。

偏见会被撼动，被矫正，而我们也会逐渐摆正自己的位置。

朵儿也回来了，四个人却很难聚在一起。

北京就是这么一个神奇的地方，很多人相识多年，难得一见。

周舟要申请出国念博士，延期一年毕业，每天跟我瞎掰形式主义、功能主义各种流派术语。朵儿和梓婷则加入了求职大军，变成任人挑拣、待价而沽的应届生。再加上梓婷搬到男友家，不再住宿舍，碰头的机会就更少了。

因为隔壁楼使用违章电器出了一次安全事故以后，宿管阿姨加大了查寝的频率和收缴违章电器的力度，电磁炉也就暂时结束了它光荣的使命，退隐江湖。

但我们决定给它最后一次华丽登场的机会。

朵儿垫了一张椅子，站上去，伸长了手把它从柜子深处拿出来。薄薄一层灰，她鼓起腮帮子一吹，扬了一脸。我们扑哧一声笑出来。

方便面还是大家熟悉的品牌，最爱的口味，只是特意去市场多买了些别的肉跟菜，丢在调料包煮成的汤底里涮。三分面，七分汤，精华中的精华。

世事变迁飞快，改变着围绕这口锅的历史。

先喝一口面汤，再夹起一簇面条，吸溜进嘴里，面条刚从锅里捞出来，烫得人直哈气。时间里，一些味道消失了，一些味道被修改，还有新的味道加入进来，一些味道经得起时间的磨砺，保留了下来。

似乎不管跟谁，不管在哪儿，每次离别，大家都要喝酒，都要喝醉，才算完整的交代，才等于作文写完，画上最后一个句号；等于煮好牛肉面，撒上那把香菜；等于上完厕所出来，打开水龙头洗手。

二锅头真醉人，这串比喻，就是我带着醉意想出来的。

喝多了，说话都变得啰啰唆唆。

周舟上学晚，中间又因为生病休学耽搁了一年，比我们大两岁。她说，等念完博士就突破三十大关啦，哈哈哈，昂首加入大龄恨嫁女青年的行列啦，哈哈哈。

朵儿说，上天什么时候才能赐一个男朋友啊，未名湖都快干涸，长江都快见底，太平洋都小命不保了。

我说，爱真难啊，那么难，又那么简单。

梓婷说，她跟男朋友已经订了婚，婚期定在毕业后的第一个春天。

我们齐齐放下杯盘碗筷，向她身先士卒迈入婚姻围城表示祝贺和钦佩。

那晚，我们一直聊到清晨6点，发了一夜的牢骚，感叹鸿鹄之志，燕雀之命。意识的模糊，使得我忘记了大多的闲言碎语，但唯独记得梓婷说，平凡的人，是没有资格谈自由的，能找到一块自己可以坐下来舔伤口的地方，就是最好的栖息了。

“对，纵有万事还有这一锅面守着呢。”朵儿接着茬儿说。

这是我们毕业前，最后一次卧谈，想起来依然觉得美好，尽管大家各怀心事，且终将走向不同的天地。

亲爱的，人都是会变的

/陈亚豪

“亲爱的，人都是会变的。”

就算岁月和时间没有让你改变，

也终会出现一个人来改变你的所有。

“人是不是一定会变，你说是因为什么？”朋友夜里发来信息。

记得之前在那篇《她惊艳了时光　她温柔了岁月》随笔里写过，爱情里最伤人的一句话就是“亲爱的，人都是会变的”，人确实是会变的，可究竟是什么能真正改变一个人呢？

这些年看到身边很多朋友都变了，变得或多或少，变得或好或坏。一直认为“你觉得自己怎么样”是这世上最难回答的问题，我们每个人可能用一生的时间都无法真的了解清楚自己。

即便真的清楚自己是怎样一个人，也不会知道未来的自己会是怎样的。很多时候，一个人生命中真正的改变都是从遇见了另一个人开始的。而这个人的到来总是突然而至，可最后又往往悄然离去。

一个老朋友问过我："你说什么样的爱情是最好的爱情？"我想了半晌答不上来，她说："在这段爱情里，在你爱这个人的时光里，你更加了解了自己，并且学会了如何去爱一个人。"

倘若从未真的爱过一个人，你便不会更清晰地看到自己。因为当你爱一个人的时候，你会为他做出很多你从未做过甚至从未想过的事，为他疯狂，为他悲伤，为他勇敢，为他自卑。为了所爱之人甘愿磨去棱角，改变性格，甚至放弃梦想。在爱这个人的时光里，他就好像一面镜子，你的潜力，你的懦弱，你的不惜一切，你的不堪一击，全部赤裸裸地投射在这面镜子上，而镜子里的那个人是你从未见过的自己。

如果有一天你已视曾经那个深爱的人安之若素时，走到一面镜子前安静地看看自己，想想自己曾经的模样，也许会不由得自言自语一句："真的变了。"就像我们常挂在嘴边的："我为他改变了很多。"

每个人对自己的定义其实都不准确，如果想知道自己究竟是怎样一个人，不如就去问问那个你最爱的人，曾经最爱，也可以。只因那时的你在他面前会毫不设防地表露出自己的一切，只因那时的你会为他毫不犹豫地做出很多从未想过的事，只因那时的你会为他心甘情愿地变成一个连你自己都感到陌生的人。

可往往在我们改变自己的时候，谁也不会发现自己的改变。当一个人跌入爱情的深渊时，他是看不到自己任何改变的，等他发现时，也许已经改变了模样，甚至更换了一种人生。

记得小时候有一个阿姨，这个阿姨是妈妈很好的一个朋友，她是个事业狂，把理想和事业永远放在第一位，为人处事强硬得像个男人。每次见到我就知道给钱，一点也没有女人温柔的气息，固执己见，几乎从不妥协。听妈妈说她还特意在一个本子上给自己定下很多准则，从不违反，她就是这样一个非常坚定自我并且几十年如一日的人。

后来，她遇到了一个深爱的男人，为了那个男人她几乎付出了全部，让人想不到的是，她轻易地就改变了过去的自己，她一条一条地把本子上以前写过的准则全部画掉，这些都是她为这个男人所改变过的。最后，他们结婚了，她辞掉了工作，专心在家为男人带孩子，毅然决然地放弃了自己打拼下来的事业，成为一个无微不至的贤内助。

一个哥们儿，享受生活，放纵情感，风花雪月，坚信人不风流枉少年，有着牡丹花下死、做鬼也风流的节操。后来遇到了一个对他细致入微、温柔如水的女孩，两人在一起没多久，他便换了手机号，也不再使用任何社交网站，一心一意地守在女孩身边。

从遇到这个女孩之后未再和任何一个女孩亲密过，哪怕吃顿饭也没有。只是两个人没有走到最后，后来，他有了新的恋人，可心里一直很感谢那个女孩，感谢她带给他的所有改变。虽然两人没有幸福的结局，但他此后很奇怪地一直相信着爱情。

中学时的好朋友，很漂亮的女孩，大学时桃花朵朵，身边从不缺帅气的男孩，那时的她不能说是玩弄感情，只是从不让自己陷入感情的旋涡中，时刻保护自己，不多向前踏出一步。后来，她和相恋多年的男友分手，爱上了另外一个男人。

这个男人条件很不错，可如果论真心与疼爱都比不上过去的男友，可她爱那个男人爱得死心塌地，她说自己从来没有为一个人如此不顾一切过。她为那个男人洗袜子、做饭、收拾屋子，从过去那个集万千宠爱于一身的大小姐变成了一个听命即从的小丫鬟。可惜，她遇到了一个错的人，这个男人在和她在一起的同时与另一个女人也展开了一段恋情，名副其实地脚踏两只船，她发现后便毫不犹豫地离开了他。

可是，虽然人离开了，心却未离开半步。这段痛苦的经历和记忆折磨了她将近一年的时间。

再见到她时，整个人的变化吓到了我，有一阵子我觉得她脑子出了问题，言谈举止完全就像陌生人一样。形容不好那是怎样的变化，好似前生今世一样，就好像她点击了人生的快进键，嗖嗖地先过完了这一生。

她删去了自己网上所有的照片，不再和任何人联系，连我这样多年的知己也只是一个月发条短信问候一下，她变得安静，淡然，不浮不躁，褪去了女孩所有华而不实的外衣，变得像个有头发的尼姑一样，让我又想笑又崇拜。可她只是一个二十出头的女孩，这本应该是一个敢爱敢恨、爱说爱笑、有着绚烂青春的年纪。

再后来她变得有些麻木和冷漠，没有情绪，对生活逆来顺受，对爱情的理解充满了现实的味道。她说，以后就想找个比自己大十岁以上足够成熟的男人，能给她坚实的经济后盾，能给她躲避风雨的肩膀，她肯定毫不犹豫地就嫁了。

我问她：“那爱呢？”

“爱没有意义。”她说。

有时想想人真的很有趣，爱情更有趣，它好像可以很自然地渗入到生活的各个角落，悄无声息地钻进一个人身体所有的缝隙里。很多时候连我们自己都察觉不到，可是它却真的改变了你。

即便一段感情已经结束，即便那个人已经离去，可在那段时光里发生过的故事，说过的话，做过的事，吃过的食物，走过的路，经历的一切，还会继续影响着你。即便最后只剩下一点仅存的记忆，可它还是会悄无声息地改变你，改变着你对感情的理解，你对事物的审美，你对饮食的习惯，你对爱情的相信，你对另一半的选择，你对自己的认知。

“亲爱的，人都是会变的。”就算岁月和时间没有让你改变，也终会出现一个人来改变你的所有。

所有男人都是在女人的怀抱里长大的，他的狂傲，他的冷漠，他的稚气，他的不安分，皆是一个女人慢慢抹去的，都是被一个女人用爱和时间培养出来的。

可现实中又有太多的例子证明，大多数女孩在好不容易教会了一个男孩如何去爱，如何去承担，如何去珍惜，成为他人生的爱情导师后，用自己的遍体鳞伤拔掉了对方身上所有的刺，改变了他后，又转身给下一个陌生的女人做了美丽的嫁衣。

那年的你剪着短发，每天像个假小子一样和男生混在一起，后来遇到了他，留起了长发摇身一变成了窈窕淑女。那年的你饭来张口、衣来伸手像个大小姐，后来遇到了他，做起家务来像个家庭主妇一般娴熟，心里有着一本信手拈来的佳肴菜谱。那年的你情绪化，总是乱发脾气，后来遇到了他，再不大声骂人，逆来顺受，安静得像块钟表。

那年的你不喜欢和外人打交道，后来遇到了他，和他出门在外见朋友时笑口常开，言谈举止恰如其分。那年的你花钱如流水，看到喜欢的衣服一定要买下，后来遇到了他，能不花的钱就不花，养成了攒钱的习惯，只为了他需要用钱时能助君一臂之力。那年的你任性，不讲理，爱哭鼻子，小女生味道十足，后来的你懂事坚强得连自己都认不出。

那年的你不知道任何女孩服装的品牌，后来遇见了她，悄悄记下了她所有喜欢的牌子。那年的你是一个粗犷的小伙子，不知如何安慰呵护女孩子，后来遇见了她，一下变成了细腻的男生，每月大姨妈的日子准时送上暖宝和热奶茶。

那年的你每天和哥们儿混在一起，为兄弟出生入死，后来遇见了她，再不像当年那般热血冲动，只为了让她每晚能安心入睡。那年的你，呆板、愣头愣脑，傻小子一个，现在的你，成熟、稳重，长成了绅士般的大男人。

后来的你们，都发现自己变了，喜欢的食物，爱听的歌，讲话的习惯，奇怪地变得越来越像你曾经那个深爱过的他。

岁月的更迭，时光的流逝，生活的变换，这些东西是足以彻头彻尾地改变一个人的。有时我们的努力不是为了改变自己，而是不被这个世界所改变，这是多么坚定和执拗。可当遇到某个人时，那些曾经所有的坚持、固执、倔强，却瞬间土崩瓦解。

“亲爱的，人都是会变的”，也许不是外物和环境改变了你和他，能改变一个人的，能从内到外，能从爱吃的食物到对人生的理解，让你心甘情愿改变自己的，或许只有爱情。

我知道，你被他打磨成了最好的爱人，你被她培养成了最优秀的恋人，你好不容易为他改变了一切，可最后他却忽然转身离去，又一次改变了你的所有。

我知道，回忆过去的人，你心里总难免悲伤，你是伴他成长、教会他所有的女孩，却不是陪他走到最后的人。我也知道，看到如今的人你心中难免遗憾，你们彼此都是由另一个人陪着自己成长，教会了自己如何去爱一个人，然后分开，走到了如今彼此的身边。

如今的你们半路相遇，却都已是成品。

每个人都想拥有一个在身边伴着自己长大的人，一起年少轻狂，一起幼稚，一起幻想，一起放肆，一起相依，彼此成长的痕迹在对方的眼中全部能看到，然后一起把小时候的梦想一步一步实现。可现实是，你遇到的人大多时候是一个陪你度过青涩的青春，一个默默陪你长大，一个狠狠地伤害你，逼着你学会坚强，一个最后遇到了最好的你。

那些被你改变过的人心中难以抹去对你的记忆，那些改变过你的人也会流淌进你生命的河流。

“亲爱的，人都是会变的。”不是因为别的，而是因为爱情。愿你的所有改变甘之如饴，愿那个让你改变自己的人最终能留在你的身边。如果没有，也不要悲伤，无论是伤害、欺骗，还是离去，无论是让你学会放下，懂得坚强，还是让你对爱情充满了太多的不解。

这一段感情里，彼此的改变已是一种成长，在这段时光里，你们都看到了曾经没有见过的自己，然后遇到了一个更成熟的自己。

谢谢那个改变你的人，转过身擦干泪去开始下一段旅行，要相信，更好的你，一定会遇见更好的他。

只希望，后来的你，再也不会听到这句："亲爱的，人都是会变的。"

温柔的风穿堂过

杨美味 /

“我不愿成为炙烤的烈日，
不愿成为夏天的暴雨，
我只愿成为，
一阵穿堂而过的最温柔的风。
我不想做骄傲昂贵的金骏眉，
我也不想成为凉爽透顶的雪碧，
我只愿成为静静等待你的那杯温热的白水。”

林依人和她的名字一点儿都不配。她一点儿都不依人。

她是个胖子，我认识她的时候她就已经是个胖子了。

那年我十五岁，上高一。凭着男生特有的小聪明和初中不错的底子，考上了市里最好的高中，和刚刚认识的一群满身臭汗或阳光或猥琐的男生在学校招摇过市，嘻哈打闹。我按照成绩选位置，于是坐在教室的最后一排，上课的时候和几个跟我差不多兴趣的男生打赌英语老师的胸是C还是D。通往幸福路上唯一的障碍就是班主任。

他经常会冷不丁出现在后门，从后门的猫眼偷看我们，我被怂恿去用彩色胶布封住了猫眼，班主任生气盘查起来，几个没良心的朋友第一时间就出卖了我。

班主任大发雷霆，说，你们几个混世魔王，怕你们几个影响其他同学学习，就把你们放最后一排，你们几个倒还真就王八看绿豆看对眼了是吧。下星期换位置。我亲自来排。

我的幸福生活就结束在这儿了。

几天以后，座位表被贴在黑板前面，我的位置在走廊的窗子那一边，跟窗子中间隔着两个人，旁边便是教室的过道。

看到是靠近走廊那一边位置的时候我就知道我完了。班主任会随时随地像幽灵一样出现在窗子旁边盯着你，小说看不成了，手机用不成了，小人画不成了，字条写不成了，弊也做不成了。在我本来就觉得是晴天霹雳的时候，我看到了坐在我旁边同桌林依人，顿时更觉得人生无望了。

一列三个人，林依人坐在中间，她右边坐着一个每天只知道拿着本子写啊写的女生，左边就是这个上辈子作了孽才轮到这个地步的可怜的我。

班上的女生大部分都很瘦，顶多也是微胖，林依人就成了班上最胖的女生。

她的脸不大，但是身上，可结结实实都是肉。是一个土得掉渣的女生，打扮却像一个中年妇女。头发永远扎成马尾或盘在头上，一个夏天就几件T恤换来换去穿，夏天也从来没有穿过短裤，都是大地色系的休闲裤和牛仔裤。脚上穿双运动鞋，冬天就在外面裹上棉袄或者羽绒服，真像一个球。本来也是很青春的打扮，但是被林依人穿上，可就完全是另一番模样了。

衣服永远是绷在身上，跑步的时候都迈不开步子，只有胸一抖一抖，身上其他部位的肉也跟着一步一晃。

我几乎不跟她说话，即使说话也基本上都是问句。比如，老师刚刚来过没，讲到哪一页，这章已经学过了吗，等等。

她也从来不主动找我说话，倒是跟前排的女生还蛮聊得来，有时候两个人就趴在桌子上说些悄悄话，然后两个人头靠在一起偷偷地笑。

她来得比我早，走得比我晚，甚至下课的时候连厕所都没见她去过。这点一直是我心里的一个疑惑。

但是那个时候我没空去解开这个疑惑，也懒得理会她。

因为我的心里满满都是许言言。

许言言是我们班特别好看的女生，不光是我觉得她好看，她眼睛不大，但是一笑的时候弯弯的亮晶晶的，鼻子也小巧，唇红齿白。皮肤上没有一点儿瑕疵，留着中发，偶尔扎起来，巴掌大的小脸，还有一颗小小的虎牙。只要许言言一笑，我就觉得我像是个在烈日下被炙烤的冰激淋一样，融化的同时还想着，死了我也愿意啊。

我经常在看电视的时候把主角想象成我和许言言。

我叼着雪茄，踢开大门，犀利的眼光看向其他的小喽，以迅雷不及掩耳之势开枪结束，救出被当成人质的许言言，风在背后吹啊吹，我的大衣飘啊飘，我酷拽地一笑，搂着许言言，背后跟着我的小弟。没错，这个是《上海滩》。

在子弹飞向许言言的那一刻，我飞快地扑向许言言，挡在她前面，救下她的命，然后潇洒地在她的怀里离开人世。没错，这个是《中南海保镖》。

我潜入少林寺学习武功，和释小龙以及郝邵文救出被强占的许言言，在夕阳下和许言言拥吻，没错，这个是《少林小子》。

许言言在我面前，眼含泪水，抚摸着我的脸，同时眼泪掉下来，说："李哲，我们再也回不去了。"没错，这个是《半生缘》，这个太阴柔了，而且不吉利，不要这个，啊呸。

而当我想象完，把目光撤回来的时候，看到了正在旁边做题的林依人的双下巴，顿时就觉得不寒而栗。场景还是那个场景，但是如果把主角换成林依人的话，就从偶像剧变成恐怖片了。

我摇了摇头，拿起笔乱写乱画，恍然听到有人喊我的名字。一抬头，英语老师正盯着我："李哲，东张西望什么，说的就是你，作业呢？"

"我……忘在家里没带。"

这种招数我从念书到现在，用了很多次，原以为老师会说下次带来或者下次注意，但是英语老师说："那行，给你十分钟，回去拿吧。"

"啊？我家蛮远的。"

"你家不就住学校对面吗？上次你爸见到我还跟我打招呼，让我特别关照一下你。赶紧的，回去拿。""老师，我好像带了，我再找找。"我把桌子盖掀起来，开始慢腾腾地，一本一本地翻，嘴里还自言自语："去哪儿了，也不在这儿。"

老师翻了我一个白眼，说："那你慢慢找，下课要是还没找着我就打电话让你爸给你送来。”

我猛点头，用书挡着自己，病急乱投医地问林依人：“昨天的作业是什么？”

她在本子上写，情境对话。然后把本子推了过来。

“你们都交了吗？”

她点了点头：“早上就交了。课代表让你交，你在睡觉。”

我用那本书打着自己的头，我就等死吧我。

“我这里有一份草稿，我交上去的不是这个，你要吗？”

我猛点头：“快给我！”

她拿出一个本子交给我，我把它藏到英语书下在前面摞起高高的书，开始奋笔疾书地抄。终于在下课的时候交上了作业。英语老师也就睁一只眼闭一只眼地放了我一马。

交上了作业就像一个刚刚炸碉堡归来的英雄一样，瘫在桌子上，换个姿势看到林依人，于是随口说了句：“谢谢啊。”

她直摇头，也没有再说话。

“唉，你连写个英语作业都打草稿啊，这么认真。”

“也不是认真，反正也没事。”

“那既然你这么闲，以后你的草稿就给我抄一下吧。”

“哦。”

从这以后我每天来的第一件事就是拿过她的作业抄在自己的作业本上，到后来我干脆跟她说：“要不你帮我做一下。”

林依人面露难色想推辞，但是不知为何还是答应了下来。她自己的作业，笔迹工整，没有一个错别字或者涂改的痕迹。给我写的作业上却字迹潦草，龙飞舞凤，居然没让老师看出破绽。

有时候我心血来潮想要弄懂一个题，问她的时候，她会不厌其烦一遍一遍地给我讲，当我听不懂，发脾气，她就会默默地把本子拿端正摆在自己的位置上。

林依人最好的一点是沉默。因为沉默，她不问我不想回答的问题，也不会一直跟我聊八卦。她跟我同桌，但是说过的话还不如楼下的邻居多，她不问不该问的问题，好像也没有任何好奇心。

因此我和她同桌一年时间，我对她的了解只是她的名字、排在中上的成绩和永远都掉不下来的体重。

而在这一年的时间里，我对许言言的了解可就突飞猛进了。

许言言爱笑；许言言一到下课就跟朋友们成群结队地去上厕所或者去阳台上透气；许言言的爸爸是个公务员；许言言最喜欢吃的就是萝卜炖牛腩，最讨厌吃的就是豆腐；许言言有许多的发夹，每天换着戴；许言言的成绩不好但是也没关系，反正她的梦想是当个演员，演员不需要成绩好；许言言小时候一直都是短头发；许言言爱看书；许言言老爱看些我不喜欢的节奏慢得不行的老电影；许言言一哭起来也漂亮得不得了；许言言最迷恋的明星是林俊杰；许言言还有个上大学的青梅竹马。

假期的时候，我骑着车，穿过这个城市的大街小巷，来到许言言的楼下，盯着她阳台上的小花和乱七八糟的植物。想象着许言言给它们浇水的场景，有时候能待好几个小时，太阳把头皮都晒疼了。

我经常在晚上去许言言的爸妈爱打牌的茶馆，等很久很久，偶尔会碰到独自出来的许言言，我就骑着车在她面前紧急刹车，说：“许言言你怎么在这儿啊？好巧。”

许言言的生日，我在网上看好时间，坐了十几个小时的火车去另外一个城市。林俊杰的签售会，排了好久的队，然后轮到我的时候我大叫。“写上亲爱的许言言，一定要写。”她的偶像看了我一眼，笑了一下画了一个爱心，非常快速地写了，我还没来得及看出那是什么字，就被后面的粉丝推走了。后来经过我的仔细辨认，发现那几个字是“徐艳艳”。我呸，我的许言言才不会有那么俗气的名字呢。我在课上看的时候，林依人盯着它，于是我随手扔给了她，说：“喜欢就送给你了。”

我忍着瞌睡，仔细看完了许言言说喜欢的那些电影，我一部也不喜欢。可是看完之后就觉得自己又渊博了，这样许言言跟我聊电影的时候我就不会没有话讲。

我把许言言的每张照片都存起来，翻了许多在她空间留言的人的相册，找到关于许言言从前的点点滴滴，宝藏一样地锁在电脑里。

打球的时候如果许言言坐在观众席上，我比任何时候都拼命，带着球横冲直撞，我什么阻碍都看不见。

自从我知道了许言言喜欢成绩好的男生之后，我每天都预习第二天要讲的内容。不厌其烦地骚扰林依人让她给我讲题，为了考得好，能得到许言言投过来的笑眼。

我也想过表白，但是当我看着许言言亮晶晶的眼睛的时候，我就紧张得说不出来话了。很少碰到让我紧张的事，可是许言言总能，要是追根究底的话，大概是她太漂亮，漂亮得让人觉得在她面前永远一无所有，永远两手空空。

下课的时候我盯着许言言跟旁边的同学翻一本杂志看，不知不觉就看呆了，转过去发现林依人正在看我，我忙解释："我没在看她。我在看她的发夹。真好看。"

许言言戴了一个淡蓝色的发夹，是"X"的形状，在耳朵旁边。

林依人点头："嗯，是好看。"

我没了话接，低下头来玩手机。过了一会儿，林依人用胳膊肘碰我，我急忙收起手机坐端正假装看书，直到班主任走。

我突然没头没脑地跟林依人说："我喜欢她。"

“嗯。”林依人点了一下头。

“下节什么课？”

“数学。”

“好烦，下下节呢？”

“体育。”

“靠，又是体育，还是学交谊舞吗？”

“嗯。”

“我真的是想不通了，那个体育老师脑子里有病吧，你们女生学跳舞就算了，凭什么让我们也一起啊，我都逃了一节了怎么还没学完。我现在最讨厌体育课了。”

“我也很讨厌。”

体育课上先是自由分组。我本来想邀请许言言跟我一组，但是在我还没想好措辞的时候，她已经被另一个男生牵着手开始练习了。我随便邀请了一个女生。最后落单了林依人和一个男生。

那个男生喊："老师我不跟她一组。她那么胖，影响我发挥。"

所有人的眼光都投过来，包括许言言。林依人站在原地，低着头手足无措，一句话都没有讲。

"她又没招你惹你，你说话怎么那么难听？我跟你换。"我不知道为何说出了这句非常大男子气概的话。

林依人看着我，眼睛里的泪水越蓄越多，她急忙看向别处，把手交到了我手里。

其实我也很不想跟她一组，但是我至今都说不清楚，当时逞能的原因。

我非常不耐烦地做出搂着她的腰的姿势，跟她保持距离。无奈她体积太庞大，我的手根本伸不了那么长，所有跟别人轻松完成的优美动作，跟笨拙的林依人一起，就成了笑料。她满脸歉意地看着我，练习动作，明明是我动作的不规范，她却拼命跟我道歉，小声说着："对不起。"

大家都停下来看着我俩这组，有的起哄，有的偷笑，有的看热闹。

我心里不痛快，于是故意摔倒，装作扭伤，剩下的半节课，便和林依人坐在旁边休息。

我看着许言言和别的男生手牵着手练习，心里涌起一阵难过和不快，转移注意力问旁边的林依人：“你现在有没有特别想做的事？”

“谢谢。”

“啊？不客气啦！我在问你有没有特别想做的事。我现在特别想揍人。”我盯着搂着她跟许言言四目相对笑得正开心的那个男生。

“有啊，就是跟你说谢谢。”

“那有没有特别想得到的。”

“没有。”她想了想，摇头说。

“怎么会没有呢？没有喜欢的人吗，没有想要的东西吗，没有想实现的愿望吗？活得真无趣啊。”

“有的东西看看就好了啊。不一定要得到的。”

“扯淡。”

“真的。我觉得，有些东西太美好，就不该属于我。”

“梦想这种事情呢，你就把它定高一点儿，反正你也不知道会不会实现；就定得大一点儿，实不实现都以后再说。算了，我打赌你的梦想一定很无趣。”

“我想做个老师。”

“得了吧，这又不是小学作文。”

“我真的想做个老师。”我暗自摇了摇头，林依人啊林依人，的确是跟许言言不能比，连梦想都这么无聊黯淡。

文理分科前夕，我害怕许言言分到别的班，跟我的距离更远了，于是我决定跟许言言表白。

我在上课的时候翻遍了所有我能想到的情书，东拼西凑再加上自己匮乏的语言，开始写情书给许言言。

林依人用胳膊肘碰了我一下，我立马用书把情书遮起来，假装聚精会神地做物理，嘴里还念念有词，趁着老师转身的时候，把情书匆匆忙忙地折了一下，塞进校服口袋。

不出所料，从那次体育课以后，林依人就经常缺席体育课。

当我打完篮球大汗淋漓地从操场回来的时候，看到只有几个人的教室里，林依人以一种很怪异的姿势坐着。

“有纸吗？”我问。

她的背歪着，只在凳子上坐了一半，打开书桌，半遮半掩地掏纸巾。从书包的缝隙里，我瞥到了一个粉红色的包装袋，突然就明白了林依人这么坐的原因可能是因为生理期。

我接过纸擦汗，问：“干吗还不回去？他们上完体育课就直接回去了。”

林依人说：“晚点再走。”

我点点头，把校服拉链一拉，篮球往桌子底下一放，就从后面走出教室。

下午的教室没有开灯，林依人的背影看着依旧是一种很扭曲的姿势，我看着她的背影，又折了回去，把校服扔给她："我家停水了，帮我洗洗吧。"

林依人一脸惊讶，还没反应过来。

我牵过衣角闻了闻："不要因为衣服上的男人味爱上我啊，我要求可是很高的。快点去吃饭吧。"

我转身离去，顿时在心里遗憾，刚刚是没有摄像机在拍，要是有摄像机的话，我分分钟电视剧男主角啊。英俊、潇洒、帅气，还体贴。

过了几天，林依人递了一个纸袋给我。

我打开一看，是我的校服，被折得工工整整。

林依人满脸歉意地拿出一个皱巴巴的纸团，说："这个，我洗完才发现，对不起啊。"

我通过背面被水浸湿的印记，隐隐约约看见几个字，顿时明白了这是当时被我写废的情书。

我说:“既然觉得抱歉那就重新给我写一份呗。”

“可是，我没看过，我不知道内容。”

“情书会写不?”

林依人摇了摇头。

我说:“没关系，你就当是给你喜欢的人写。不要出现性别就好了。后面的我再看着办。”我正在研究试卷上的红叉的时候，林依人推过来一个信封。淡绿色的花纹。我大喜，拆开一看，这感天动地的文采加上我这个帅得惨绝人寰的长相，许言言还不非我莫属。我在心里仰天长啸。

我躲在被子里，借着手机的光，看着那封情书，一个字一个字地编辑，然后发送给了许言言。

接下来就是漫长又煎熬的等待。我联想了很多种回复。

如果拒绝的话，我应该怎么说。如果答应的话，我接下来要带许言言去哪里约会。

我把屏幕按亮了一次又一次，但是却没有收到任何回复。

许言言没有理我。

第二天我没去上学，装病赖在床上说自己要死了，谁都懒得理。实际上我也觉得我真的快要死了。手机嘀嘀地响，我急忙从枕头下掏出手机，却立马失望了。是林依人发来的。她问："老师现在要收分科的志愿书了，你的交了没？"我回她："你帮我写一张我选理。"

我决心去找许言言。

我等在许言言家的楼下，调整自己的呼吸，一遍一遍地想象用哪种语气跟她说话比较好。

"嗨许言言又见面了？"

"许言言不知道能否赏脸给点时间聊一下？"

"你收到我的短信了吗？"

我坐在自行车座上，忐忑不安地望着远处。

许言言出现了。但是旁边还有一个男生。我不认识。两个人抱着书并肩走着，许言言走进楼道，又转过身，快速地在男生脸上亲了一下，才跑进去。

我愣在原地，觉得世界都静止了。反应过来的第一件事就是骑着车逃离这个地方。我一手把着车头，一手抹着根本就擦不干净的眼泪，那一天，我觉得生命里所有的难过和挫折一起向我涌来。

由于快分科考试了，班上的气氛很紧张。我却浑浑噩噩地发了一上午的呆。满脑子都是许言言在那个男生脸上留下的吻。林依人把习题本推过来，说："上次你问的那个题，我找到了一种更简单的方法。"

我把书往桌子上一摔，转过头趴在桌子上："我不想听。你别烦我。"林依人没有再说话，但是我依然能在我的后背上感觉到她的目光。我更加不耐烦，转过身冲她大声说："你以后别烦我行不行，谁稀罕你给我讲题啊，你以为所有人都跟你一样要考第一啊。你做你的好学生你管我干吗，我成绩好不好跟你关系大吗？"

林依人看着我，眼神里充满了失望，她说：“你别这样。”

“那你想我怎么样啊？你以为你帮了我几次就能对我指手画脚了吗？你以为你是我同桌你就够了解我吗？别高看自己好不好，你以为你谁啊，轮到你对我发号施令吗？”

林依人把习题本收回去，抿了抿嘴，转过来看我，语气平静：“我只是想告诉你，如果你一无所长，脑子里什么东西都没有，你以后还会碰到无数个许言言，但是你一个都抓不住。”

我愣在原地，像是闷生生地吃了一个拳头，一句反驳的话都说不出来。

我没想过一向沉默的林依人会顶撞我，也没想过她会如此否定我。虽然她说的是我并不想承认的事实，但是细想，对我抱有希望并且耐心的，也就林依人一个。

世界上有那么多人，这么对我的，偏偏不是许言言。她像一把刀子，我用她来搅动我的心。虽然痛但是却乐此不疲。

年少的战争总是短暂而可笑的，因为这次争吵，我和林依人一个多月没有说话，一直持续到新学期的开始。

许言言选了文，去了别的班；我和林依人选了理科，还是同桌。

她依然温柔沉默，不厌其烦地给我讲同一道题。

难得碰到停电的晚上，全班点蜡烛自习，我趴在桌子上，林依人专心地给我讲现在完成时和过去完成时的区别。她依旧是那个很土很土的女生，一年过去了，好像稍微瘦了一点儿。这是我头一次在烛光下看着她，她的整张脸都映在橘黄色的烛光里，格外温柔，我第一次觉得，原来林依人也是很好看的。

分科后一学期，许言言又换了男朋友。对象不是她的青梅竹马，而是另外一个班的学习委员。我听说这个消息，又沉默了好几天，走在斑驳的树影下，想起关于许言言的点点滴滴，把眼泪抹干净，不知不觉走到了许言言的班级外面，看到她听着歌，利用课间的十分钟，跟那个男生在阳台上说着话。

到这儿，我才觉得，我为期两年的暗恋，终于结束了。

因为就算再次选择，她也没有选择我。

从此我的目标便变成了大学。因为我一心认为上了大学就能摆脱父母唠叨，摆脱作业，有大把大把时间玩游戏，有大把大把的时间泡妞而且有大把大把的妞等着被我泡。可能还有比许言言还漂亮的。

我开始认真跟着林依人学习，每天晚上看书看到很晚，第二天早上踏着铃声走进教室，林依人已经在我的书桌里放了早餐。有同学议论和拿我和林依人的关系开过玩笑，她不回应，我也不多做解释，自然也就不了了之。我对林依人的了解依旧不多，她也很少谈及自己，我怕触及她不想碰触的地方，于是也没有多问。

以后的高中生活，也就如此。

在“大学”这个词的动力下，原来以为漫长的高中生涯，比我想象中更快地结束了。

最后一次班会，班主任说着加油的口号，说：“你们要相信自己，不管你们发挥得好还是不好，只要你们尽力了，就是我们高三（14）班的骄傲。”离别在即，我突然觉得班主任居高临下的姿态，也没那么讨厌了。

班会结束以后男生留下来布置考场，清理所有课桌里的东西。

我把林依人的桌子搬离留出过道，在放下桌子的时候，看到了原来放了一摞厚厚的书的位置现在空空荡荡，只有一排整整齐齐的，我的名字。

高考结束以后的散伙饭上，林依人微笑着看大家开着玩笑、抱头痛哭。她坐在角落，没有喝一杯酒，也没有抱任何一个人。

隔壁桌是许言言他们班，许言言被起哄和男朋友喝交杯酒，笑声和闹声交织成一片。我的脑子也一片空白，只是一杯一杯地灌酒喝。

我说："来拍张照片吧。"

于是我举起相机框下了所有的笑脸。

大家要散的时候，我说："等等，再来一张。"

我把镜头对准了林依人一个人。她在镜头里，对着我温柔地笑。

大家都喝得有点儿迷糊了，林依人还清醒着，她一辆一辆地在路边打车，扶着同学上出租车，跟司机仔细交代。我蹲在树下，看见几个林依人的影子，胖胖的，立在路边，伸出一只手打车，就突然有热泪往外涌，我也不知道我哭的什么。

最后林依人扶我上车，准确地跟司机说了我家小区的名字。到了楼下，我坐在椅子上，林依人在我旁边，不知道该来扶我还是站着。

我说："林依人，我能问你个问题吗？"

她说："嗯。"

我问："高中三年我为什么从来没看你在课间去上过厕所啊？"

她有点儿害羞，笑了笑，然后说："因为我太胖了，别人出去一趟你都不需要挪椅子；我出去的话，你不光要挪椅子，还要起来给我让出位置，我才能出得去。所以我不去。"

我笑："都跟我同桌三年了，这么客气干吗。"

跟我同桌三年的林依人，知道我爱吃什么的林依人，把早餐买到教室里来给我吃的林依人，从来不问我为什么的林依人，答应我一切无理要求的林依人，占据了我大半个青春的林依人，偷偷在桌子里刻上了我名字的林依人，喜欢了我三年却从来没有跟我提过半个字的林依人。

“我还要再问你一个问题。有奖励。”我说。

“嗯。”

“喜欢一个人的话，应该告诉她吗？”

“如果她也喜欢你，就告诉。如果她不会喜欢你，就一辈子都不要讲。”

“那如果是你很喜欢很喜欢的呢？”

林依人思考了一下：“嗯……我小时候，有个洋娃娃，特别漂亮，我每天都带着她出去玩，睡觉也要抱着才能睡着。有一天，楼下的小姑娘问我，能不能给她玩一会儿。那个小女孩儿又干净又甜美，我就把洋娃娃给她玩了，再也没有要回来。我觉得跟她才配，美好的东西，要配美好的人才对。这个道理，我小时候就懂了。”

我点头：“嗯，这个奖励给你。哈哈。看你的记性。我布置考场的时候捡到的。”我把手伸进口袋，拿出来，然后摊开手，手心里安静地躺着一个发夹，淡蓝色的“X”的形状。我当初称赞许言言头上的那个，一模一样的发夹。

我又把手握住，再摊开：“而且，我想告诉你，你配得上。”

她接过去，说道：“谢谢。”

我和林依人去了不同的城市，念完大学以后，我去了一个更大的城市发展。

同学聚会，我搜寻了一圈，没看到林依人。

我却看到了许言言。我和许言言已经多年未见，她很早就嫁人了。她还是当年那么漂亮，我倒了一杯酒给她：“你好歹拒绝一下我让我彻底死心啊。”

她问：“什么拒绝？”

我说：“我给你发的告白短信啊。哈哈，我在被子里编辑了好久，结果一个标点符号都没回我。”

她一脸诧异：“告白短信？我没收到啊。我还说你怎么后来都不来找我。”

我愣了一下："原来没收到啊。"

她认真地点了一下头。

林依人没来。她很少用社交网站，不传自己的照片，不写心得，也没有微博。可是我知道她已经瘦了好多，变成了真正的依人，做了英语老师，在当初我们念书的那所学校。他们说，她碰巧赶上去参加教研会，所以来不了。

我不停询问，林依人真的不来了吗？大家调侃，看林依人没来你失望成那样，果真年轻时候的恋情才是最珍贵的。

我从没喜欢过林依人，而我的青春里，到处都是林依人。

晚上回家以后，我翻箱倒柜找出了当初林依人替我写的那封情书：

> 我不想说从第一次见你就喜欢这么俗气的话，尽管这是事实。
>
> 我不想说想照顾你与你度过余生这么虚假的话，尽管这是事实。
>
> 我不想说我真诚地爱着你胜过我自己这么自大的话，

尽管这也是事实。

我只是想在此时此刻告诉你，我不嫉妒你爱的人，我不奢求不会发生的结果，我不拒绝你的任何一个请求，我甚至不想告诉你我爱你，如果我不能成为让你欢笑的那个人。

我不愿成为炙烤的烈日，不愿成为夏天的暴雨，我只愿成为，一阵穿堂而过的最温柔的风。

我不想做骄傲昂贵的金骏眉，我也不想成为凉爽透顶的雪碧，我只愿成为静静等待你的那杯温热的白水。

你站在桥上看风景，看风景的人在楼上看你。我不愿成为那风景，也不会成为那人，我只愿成为，支撑起你的那座桥。